W0338759

C H V

HERTA MÜLLER

VATER TELEFONIERT MIT DEN FLIEGEN

CARL HANSER VERLAG

Reproduktionen der Collagen sind erhältlich bei:
www.DrNice.net

2 3 4 5 16 15 14 13 12

ISBN 978-3-446-23857-2
© Carl Hanser Verlag München 2012
Umschlaggestaltung: Peter-Andreas Hassiepen, München
Satz im Verlag
Reproduktion und Bildbearbeitung:
DrNice, Berlin
Druck und Bindung: TBB, a.s.
Printed in Slovac Republic

EINE NACHRICHT DIE KLAR WIE EIN MESSER WAR

ich bekam eine Nachricht die
klar wie ein Messer WAR,
nur niedrig und stur und
wirr mehr WIE eine Spatzenschar
vielleicht wenn man vergleicht

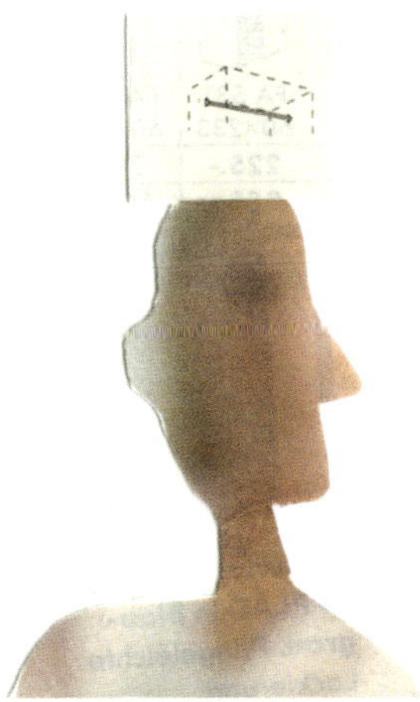

ein Beispiel für
anarchisch ist eventuell die
Bahnhofsuhr ein Hasenfell
statt ZIFFERBLATT – egal, was sie
noch vor sich
hat es riecht nach
Chlor UND Klingeldraht.

Anton steht wieder
vor dem Haus
mit seinem alten

Löffel in der HAND und isst
den SCHNEE vom Fensterrand
gestern war beim SCHNEESSEN
ein Stückchen BROT an seinen
HUT gebunden und ER hat
dabei auch noch sehr hoch
gesungen sein Atem FLOG wie
EIN rauchgetriebener Papagei

Weit im WIND laufen
DIE orte vorbei
– verlorene Mäntel
GEFÜTTERT MIT Heu

1x am Zug vor 20 JAHREN
Tür auf.
Einsteigen.
Losfahren.
Bloß keinen ABSCHIED
SIE nickten sich 2x ZU
mit BLICKEN BEI denen
MAN nicht sehen durfte
dass SIE sich KENNEN.

an der Grenze hat mich der
Wachmann mit dem Oberlippenbart gefragt
Warum setzen Sie auf Heimat zum
QUADRAT ? Ich habe ein wenig gelacht
viel an die freien Schuhe der
Fasane an den lauen Schlafsamen
der Nacht an das MUSTER der
Haut AUF der Milch an die
SCHÖNHEIT der Fältchen der KÄLTE gedacht
dabei zwei SCHÖNE AUGEN gemacht

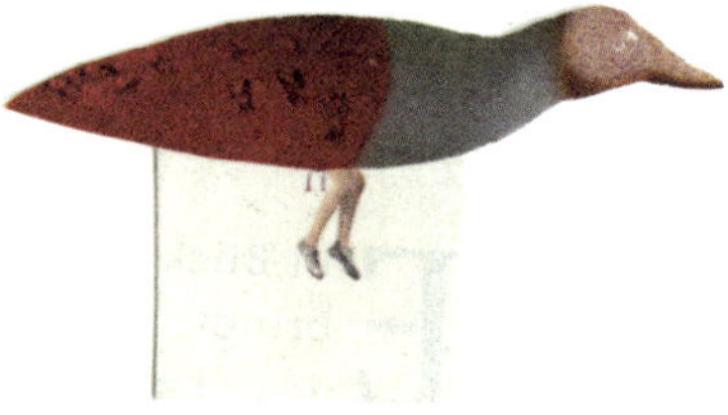

Grün frischt auf diese Fähigkeit
HABEN Die Mundwinkel des
Nachbarn IM Sarg gezeigt
OHNE uns hat ES
woanders geschneit,
Schnee spart ZEIT

GESTERN sagte Herr Straub

HOLZ MACHT STOLZ und dann Was immer passiert, Hauptsache KARIERT

Ich dachte, ER nimmt sich

DIE EINFACHHEIT DIE

es eilig hat, aus dem Silbersack

der ZEIT

BEIM GRAUEN Eisenturm

ZOG DIE rote

DEN weißen Umhang AN

VON einem Gänseschwarm

ging HEIM durchs grüne

TAL da man SIE im

weißen

nicht sah

Kurz notiert

Frau MEUSER SAGT,
Ich bin alt, ich merk mir nicht mehr alles im Dorf
HIER WERDEN SICH die Birken weiter
vom Wind durch alle Straßen überallhin
ins Brachland schieben lassen dieser katzenblasse
Winter baut meine Nasenspitze nach IST
aber nicht vom FACH
NUR eine Hilfsarbeiterin,
schließlich weiß der Tod
bis heute nicht ob
ich eine Handvoll
Lerche oder Eule bin ,

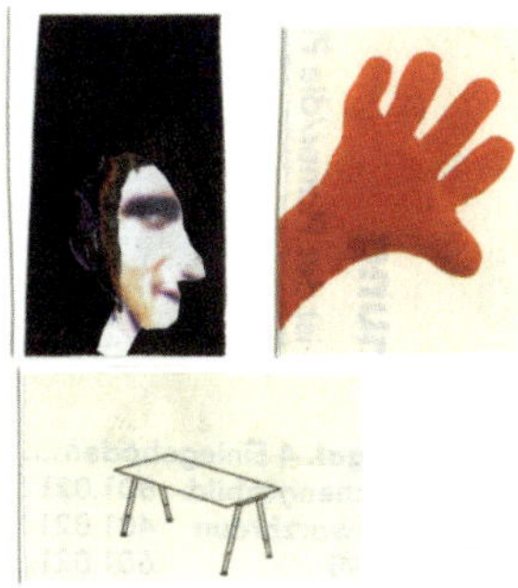

Kurz notiert

Herr Frodl erzählt

Wenn meine Frau im Flüsterton
MEIN heimgebrachtes Geld auf
den Esstisch zählt WIRD IHR pelzgefutterter
GAUMEN DER hässlichste Ort
in der Welt

Also ICH SOLL ES NIEMAND
SAGEN ES kam ein Pferd VOR
das Akazienhaus UND mein Vater setzte
sich darauf wie auf einen mageren weißen
GARTENSTUHL AUS Gusseisen
Ja, und dann ritt er DAMIT
Aber hinter DEN gemalten Brauen begann
ein ORT schaukelte und endete
ebendort.

Ja, man sieht wozu das
wache Blattwerk, ums Quadrathaus
EINE FINSTERGRÜNE
Weltbotanik inszeniert doch gegen
Wen von uns
ist es so schön

Draußen

an den leeren Fahnenstangen

hört man zum GLÜCK

nicht mehr die Eisenringe

singen, vielleicht trauen sich jetzt

die Kraniche ZURÜCK

Mutter sagt am Telefon der Holunder
blüht sich müd zwei Sommer
hast du schon verpasst wenn
der Nachbar NACH dir fragt
LÜG ich dass DU Heimweh
hast die Pendeluhr die du
SO magst hab ICH verkauft
SIE tickt SO laut dass

MAN nicht schlafen
KANN ... dann
legt sie auf

DER Mann
vom Geheimamt
folgt Herrn FRANK
und meldet AM gleichen Tag
unter Aktenzeichen 005/2011:
4. Mai punkt 15 Uhr geht Element
FRANK mit dem rothaarigen Hund
ELSE in eine Kirche hinein ICH
verstecke mich in der Ecke SIE
glauben sich allein Element FRANK
bellt hastig Hund Else zündet eine
Kerze AN mir wird ES mulmig
dann Verschwinde ICH

ACH, ein so leichtes
Fleisch HAT der Verrat
rennt und rennt wild und PFAUENBLAU
wie die Spiegelenden dieses kurzen
SOMMERS der das Dorf verbrennt

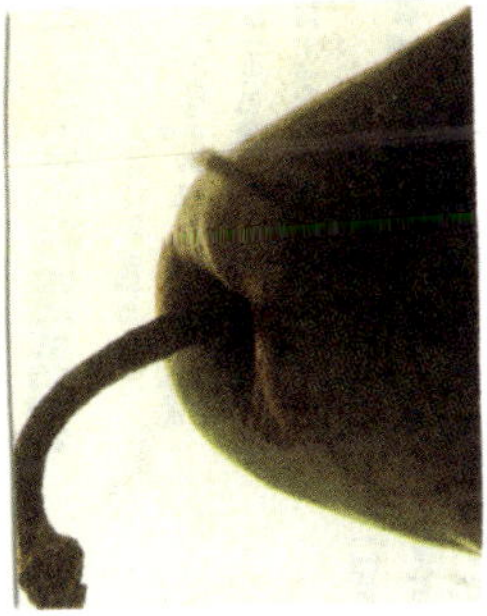

zeig NUR nicht wie nervös du

bist bleib ruhig wie EIN

Kuchenteig DORT vorne

geht DER Polizist

DER Notar trug
DAS weißeste
Hemd aus
Zuckerwatte und

WIR sangen drei Mal hoch soll
ER Leben weil ER Geburtstag
hatte doch das Hemd- Material
blieb BEI den langen Umarmungen
AN den Händen kleben DA
WAR DER Notar oben nackt
und wir leckten bemüht dass
ERS nicht sieht einer
dem anderen die Finger ab

MOND

kein Giftpfirsich

nur eine Wachsfigur dreht die

Wilden LANGEN ÄCKER rosa

unter SICH Laub kein

grüner SCHNEE

rauscht auf eigenen Wegen

gegen MICH

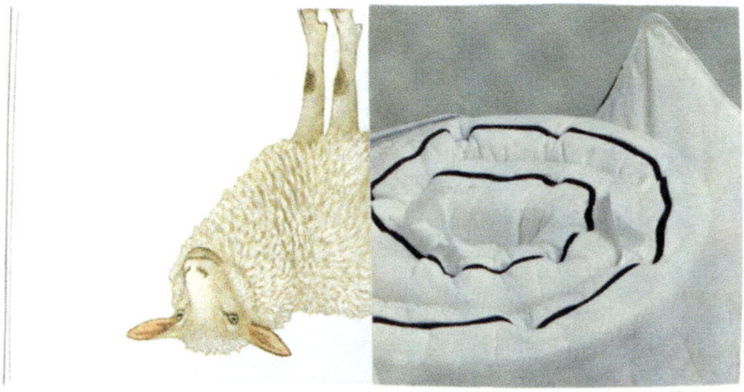

DER NACHBAR sagt
DA war nichts mehr
MIT Flucht pelznah kam
hinter dem Herbst des
Sommers zu viel Winter

im PASS hab ich nur
ein KLOPFENDES Glück
im GESICHT UND die Wolle
im KOPF ist Smaragd
DIE STADT ist nass
und es regnet nicht

wieder WAR Vater so
MÜD dass er IM GEHEN
schlief und wir folgten
IHM OHNE ein Wort ich
trug seinen LIEBLINGSSHUT
in der Hand Mutter NUR IHRE

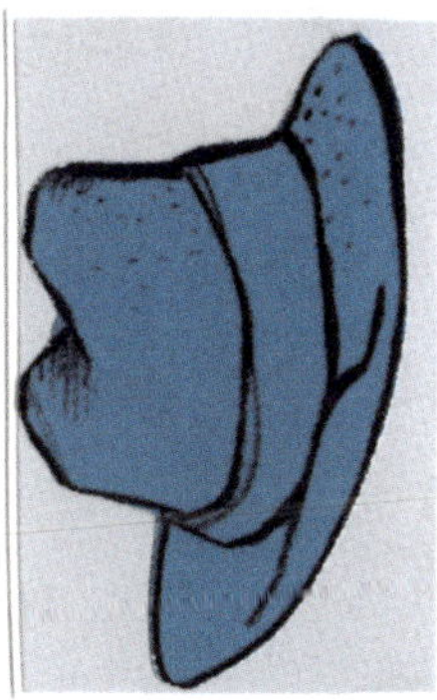

Ameisenhügelfrisur
doch darin stand
dieser HELLE
Kamm wie eine
GESCHÄLTE GARNELE

Es gibt Tage, schwer wie Erde leer
wie Wasser manche Leute saufen
sich den Kapitän schön andere ziehen
auf dem Boulevard in der Innenstadt
den HUT IM QUADRAT ICH stelle
manche Tage meinen Wecker AUF
die Küchenwaage

wir WOHNEN hier im zehnten Stock – nur
gehört unser Wohnblock schon ab Schulterhöhe zur
himmlischen Monokultur sagt Zacherl DER Herr
Veterinär VOM Hippodrom ER sitzt SCHRÄG,
und richtet sich MIT DEM Teelöffel die Haare,
wenn ich ihn zu LANG im SPIEGEL seiner
Tasse reden LASSE obendrein zieht ER
ein Stück extrafeinen Draht aus seinem Jackett
Sehr zu empfehlen gegen die Nervosität
meint ER wirklich sehr

DER Tod ~~ist~~

eine SCHMALE

kahle Meterware.

Grob geschätzt,

in den 176 VERSCHIEDEN

hohen Zimmern DER – Pappeln,

wohnst DU JETZT

beim Aufschlagen
spiegelt der Himmel
weisse HAKEN im Getreide
viele Sagen vom
Grasappetit weil man von
kleinen Kanaillen oder
großen Narren im
Grenzland erschossen wird.

die NACHT hat einer Hündin DAS
Pfeifen von Liedern beigebracht, und sich DIE
Alleinsicht einer leichten Schneeschicht,
bläulich-dünne wie Schafmilch und uns die
Kofferfahrt in die Obhut einer
grenzdebilen Gegenwart hierfür zahlten wir jedoch
eine Menge Schmeichelstoff dem Marine-offizier

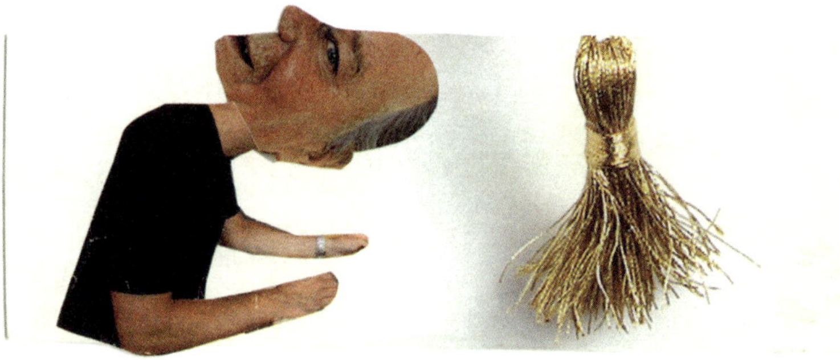

MEINE Nachbarin ist Näherin und ihr Mann
ist Chauffeur sie riecht manche TAGE mehr als
er nach Benzin und mein Sohn wenn
der auf den Lift-Knopf drückt fliegt ein
Vogel durch den Wohnblock hinterm Viertel
wächst ein Hügel man weiß, der Mais fälscht Mais
immerhin bin ich seit JAHREN schon
im Büro der Fondation und bade meine Hände,
in der Schublade ja und wo arbeiten Sie,
fragte Herr CONSTANTIN und ich sagte: NA
in der **Schnürsenkelindustrie**

Ich fürchtete
die Winterbirne
und andere
Früchte dies

Klopfen, DAS AN DER Tür
MIT dem Klang von Spielholz
begann, und WIE EIN GANZER
Staat *aus* Weißen AMEISEN
den Hals *hoch* kroch weil IM
Treppenhaus DER *stille* NARR
der *Würfelspieler* *war*

DER Gerichtsmediziner hat grünliche Zeige finger
und eine Stirn hoch wie ein Zimmer wenn er
behauptet wer stirbt dem frisst
ein Hase im Gesicht in einer Hinsicht
friert ER und ist weiß in der
anderen Hinsicht nicht und alles WAS
den Mais angeht ist sehr konkret WEIL er
ZUM Laub fressen und Ohren messen, im Haus
den Stuhl umwirft wenn E R DIE

GRÜNE
Schraube
UNTERM
Dorf
komplett
zur Seite
dreht

Vater hat
seinen kleinen
nichtgefallenen
Soldat der ER war AUF
dem ARM – und unser
Nachbar fragt wieso
TRÄGST DU den es
ist doch unbequem; Vater
sagt INNEN sowieso als
AUCH AUSSERDEM

dass MICH
die KLEINE
Heimat DIE
es je gab
am fünften ZEH mit der
großen Wolkenglatze und DER
Mütze eines STAATES UND
den Augen einer ZIEGE und
der Schnauze einer Ratte
FAMILIÄR leergefressen hatte,

DER UMGEBRACHTE Freund darf
gratis IM NEST der Gräser
übernachten DIE Straßenkatze trägt
heiße MILCH im Bauch im SCHÄDEL
kaltes ungeheuer grünes Feuer
der WIND Kennt nicht DAS viele
STILLE Laub in das ER rennt
DIE Nacht auch NICHT das
hochgeschlossene Kleid DAS SIE
sich näht ES ist früher spät

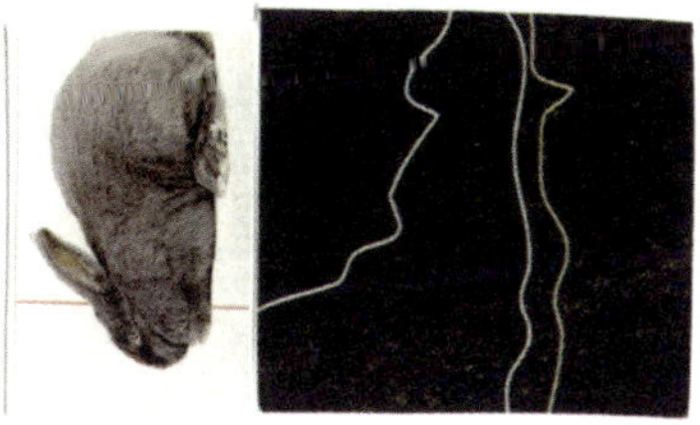

HINTER DER
Zimmertür
WÄCHST eine
Pumpe die schnaufen KANN
sie arbeitet MAN weiß nicht
wofür unser Nachbar sagt
faßt SIE NICHT AN SIE hat
den Hüftschwung der Katze
und das PROFIL vom Specht
ER hat ABSOLUT recht

Woher kommt das
Militärorchester IN die Bäume UND
die Holzspange IN die Särge UND
DIE Luftfracht IN den Hunger
der Schwalbe – eine ART gesteigerter
Schnurrbart – und DER lange
Ärmel in DIE SCHLANGE
UND WAS macht DIE ERSTE
gelbe GERSTE in DER NACHT

Vielleicht springt MAN aus Angst
mit der STARREN Nase voraus in die
Kleider des Kuckucks in die
SANDALEN des Asphalts der MOND
ziert seine HALSWIRBEL mit Ruß macht
sich AUF ins nächste Kaff und heiratet
das Kind im Mann das Milchlicht im
Totholz mancher zugigen Veranda
oder EIN Zuckerbrot und

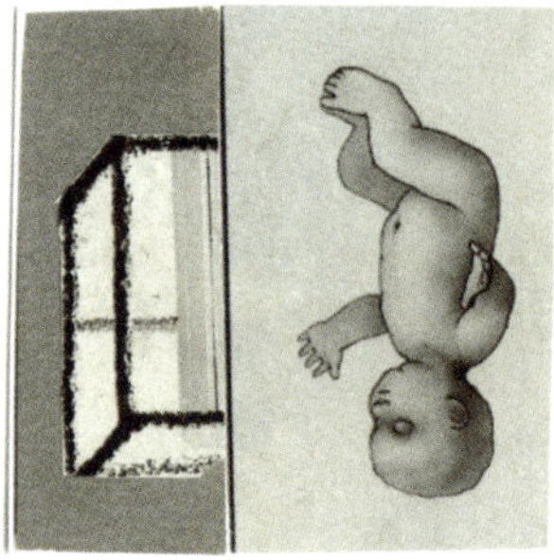

kein Mensch weiß
ob ER ertrinkt
ODER verdorrt

Die Lüge ist ein Klettertier
würde MIR immer noch mit
Lachtränen die Geige spielen
Doch wahr ist auch: auf dem Dach
wächst ein Klavier

EIN SPIELLOSER FALL
IST DER SCHNEE

Alpenschneehuhn trägt

im farbenfrohen Sommerkleid sein

mechan.
Gerät
für die
Freizeit

ein anderes Material

ein spielloser Fall

ist DER Schnee aus Batist

AUS Twill AUS KRISTALL

Bei uns 
wird mit
ROTEN Händen Schach
gespielt die FIGUREN sind
Hundepfoten einmal
plädierte ein Neuankömmling
für DIE Abschaffung DER
KÖNIGIN bis ihn einer fragte: hast
Du je ein weißes Reh in
braunem Schnee GESEHEN DA
lächelte DER NEUE trüb UND
wollte gehen und BLIEB

DAS Wägelchen zog
EINE HÜNDIN durch die herrenlosen
MEHLLÄNDER der Nacht der
Schlaf wußte man MÜSSTE solche
Erde wegräumen – schneller als
die HÜNDIN sich DIE weißen
Strümpfe dreckig macht ●

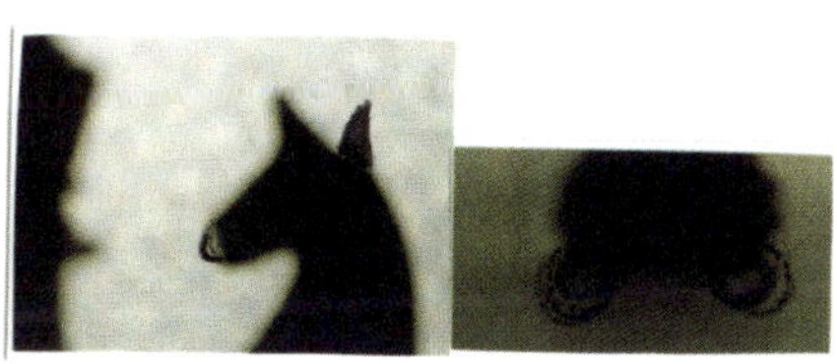

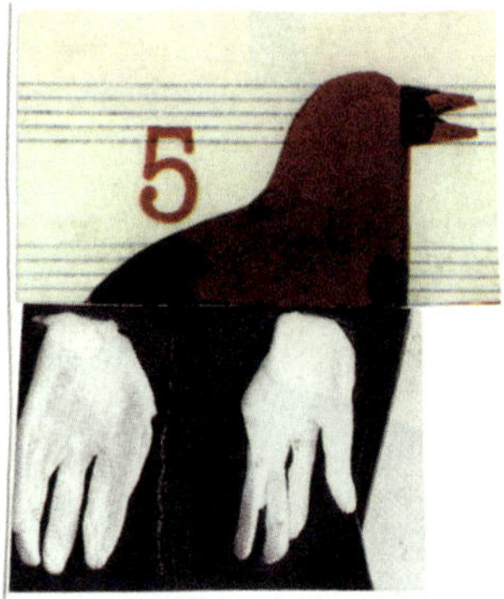

Der erste
Vogel den
ich SAH
war ein Taschentuch
IM Wind ...
kein BETRUG nur
Gegenwart im Zeitverzug

Hinter den DETAILS

sah man der Lüge

FREI ins Dekolleté

MEHLWEISS ging

Sie bis zum großen Zeh

im Wind laufen die
Glasschuhe – drangebunden
OHNE FADEN sind die
kalten Hundezungen in
DEN Straßen GEHEN Kunden
rascher DÄMMERUNGEN

DIE Ballonfahrt DER Sonne
DIE Kirschkugeln AM Zitterdraht DER
Bäume sommerleicht schwimmt Heu
durch die Taube im Flachland und
VIELLEICHT wird DER Tischler der
FRAU des WÄCHTERS nach dem
Unfall Schwarz am Arbeitsplatz eine
BEWEGLICHE Holzhand bauen
DER DAUMEN ist fertig der Rest
kann dauern

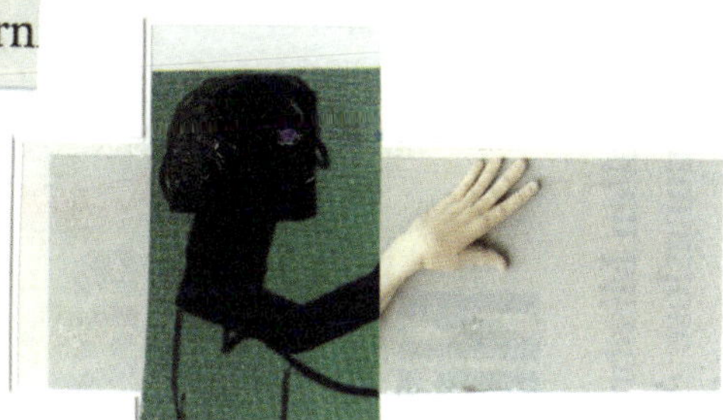

Mutter hält den Rauchfang für
eine Wolkenziege und
Vater die Nähmaschine für
ein Pferd und der Herbst läuft
einfach über die Hügel WARM
und Spiegelverkehrt

Der Himmel glich
dem TAUBENKÄFIG
Gott reparierte
EINER Fliege DEN Pelz
einer KIRSCHE den Stein
mich ließ ER sein.

 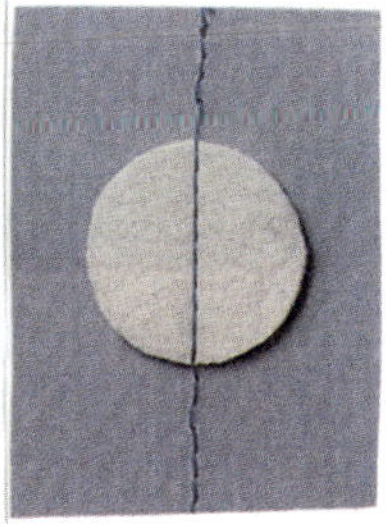

die Blütenpracht der Apfelbäume
ist aus KALK gemacht wenn
SIE abhebt SCHNEIT es
regelrecht dann sieht man
schlecht der Nachbar pfeift
greift sich ins schüttere Haar
und sagt LippenSchnee kann
einem Sofern vorhanden, in DER
silberblauen KAMMER
des Herzens landen

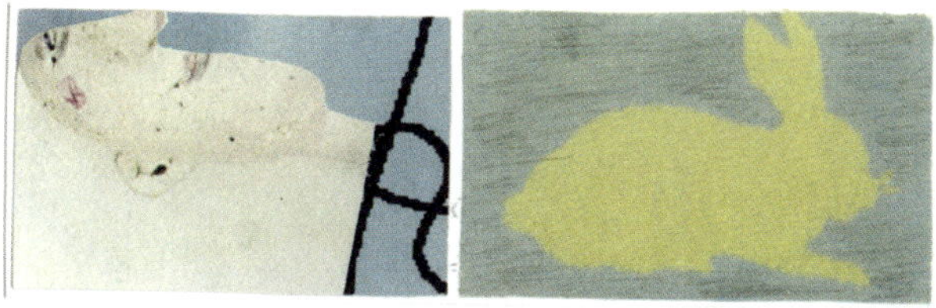

Nichts als EIN Hase
im HALS WAR die ANGST
in dem einen Land .
IN dem anderen hier
ist MIR DIE Kopfhaut
als ZUCKERGUSS über den
Maulwurf GESPANNT .

WEISSWIND

weht wenn BÄUME blühen
die kalten Straßen wollen
fliegen lernen die Luft
treibt schon die blauen Schafe
HEIM oder DIE Deklination
der LATERNEN

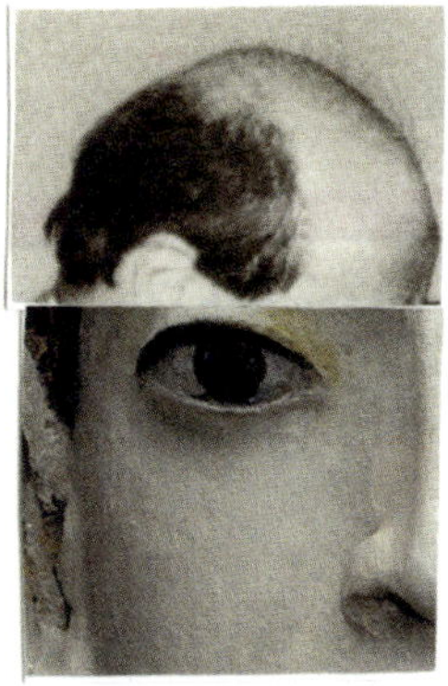

im Hotel gibt es
SPIELE für LABILE
das Wasser tropft
zu schnell aus dem
Schrank fällt eine Seidenkordel
durch das ZIMMERMÄDCHEN
FLIEGT EIN Rotkehlchen,
Später LEGT jeder
sein Geweih in weiche
FEDERN gegen 3

auch der Doktor
ist fort, der
UHRMACHER und die Brüder
vom karussell UNSER
DORF IST umgezogen mal
NACH süden mal NACH
Norden geblieben ist nur
Vogelmusik die das OBST
MIT den Bäumen betrügt

mit der einfachen
Technik der flachen Hand
jagt jeder den Schatten
des Frosches einem
andern IN den Verstand

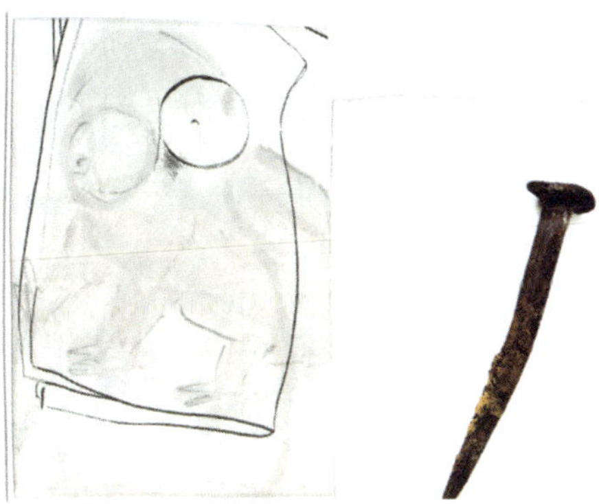

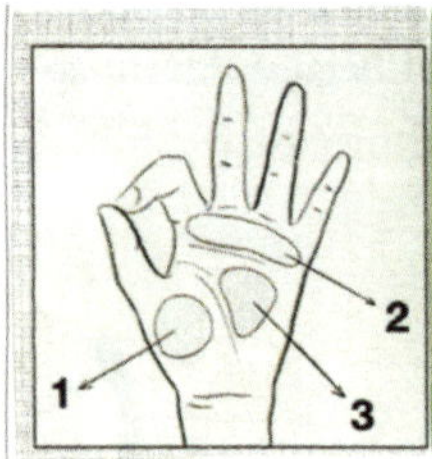

Vater sagt
diese Ferne
IST eine
ART HIMMELSTAAT die
koffergroßen DÖRFER
lernen schwimmen ich hab
beschlossen NIE ZU
fragen ob es peinlich ist DASS
MAN schon auf dem
Flucht weg DAS BETT und DEN
Dorfbaum VERGISST

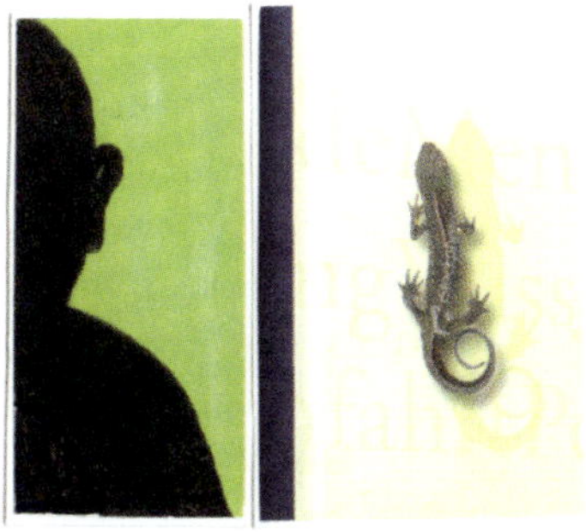

in meinen Schläfen
baden zwei Eidechsen
die LINKE ist dienstlich
sie kam mit DEM
FAHRRAD DIE rechte ist
PRIVAT sie WAR im Salat

Nicht selten

KROCH

im GEBRAUCH AUS

dem dunklen Rock der

kleinen WÖRTER EINE blöde

abgedrehte LAUS

MIT einer Flöte heraus.

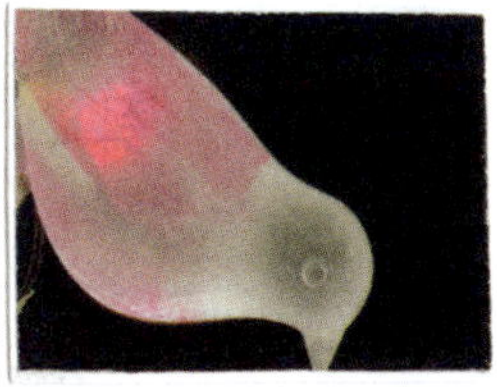

als DIE MUSIK
begann kam meine
zweitliebste Cousine
MIT einem roten VOGEL auf dem
ARM der HATTE Bodenangst
UND fraß einem BEAMTEN IM
Kurzmantel den Schnurrbart ALS
wäre ES Gras – er wippte bereits
hormonbedingt und nannte DEN Vogel
Jenseitspapagei dann gab es Geschrei
IN seinem HALS versteckt hing eine
Voliere MIT einem Taschentuch
AUS Haut bedeckt

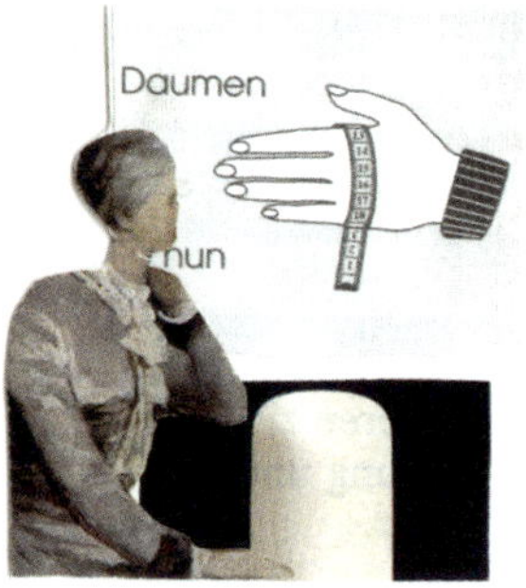

DER Mond sitzt auf der NACHT
wie AUF einem Gartenstuhl hat
JA nur verkaufte Milch im Mund
und auf dem Schoß die taumelnde
Apparatur so eine weiße wachsgetunkte
Feuerlösch – Pumpe

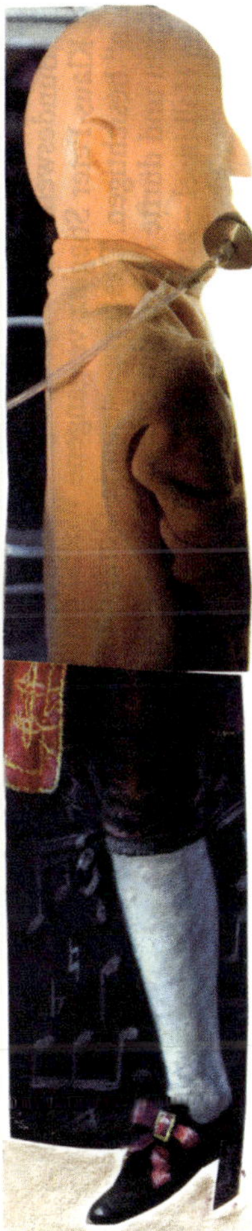

ALS ich einstieg stellte sich
der Nachahmer neben mich
und mimte mich wie eine
Raubkopie mir war schwindelig
in der Busmitte lag eine
Büroklammer und ER bückte
sich und ich sah diffus, ER
hatte EINEN Damenfuß obendrein wurde
sein Hals länger, eine Art Vogel
saß ihm UNTERM Kinn jedenfalls rief
von ganz hinten eine Frau im Dirndl :
SCHAU der Blau stoppelsänger wenn du
ihn lässt baut ER im Jackett EIN
Nest und ER sagte: Nein, dann
bleibt ES unbesetzt ich habe jetzt
schon drei DIE man nicht gescheit
vermieten kann wegen der Glasfassade DER
Notariatskanzlei DIE Frau sagte: Schade

im roten Traum lag der Gendarm
DER Schnee war hart und das
Messer noch warm das Mondsieb
trieb den Birnbaum aus dem Garten
das Fräulein von der MÜHLE trug
MEINE Lammfell – Fäustlinge und
sagte im harten Schnee funkeln
sieben VERSTEINERTE -Mehlarten

ALS ich vom Verhör kam
war ich niemandes Kind mehr
und mit MIR nicht mehr verwandt
AM STRASSENRAND liefen die Möbel
DER Bäume NUR WO KAM
der WIND her

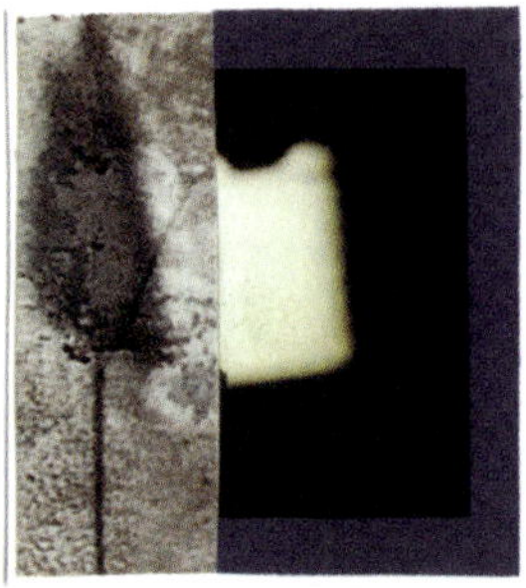

im Abteil
HATTE ICH
GRAD noch
den letzten unbesetzten
PLATZ gefunden die
Angst der Leute roch
nach müden Hunden

WER weiß SCHON
wieso der Verkäufer
im Fleischladen bei
so vielen Fliegen
AN der Mütze eine fingerkleine
Ballerina *trug* DIE ihm AN
einem ***Faden*** **übers** linke OHR
hing **und** **WARUM** ***er*** mit
einem *Grashalm* IM MUND
DIE Hymne SANG
wenn er *nach Hause* GING

dass mich vielleicht so
ein PERFIDES Einsprengsel
beschleicht, DASS ES MIR
wie ein FISCH aus
der zweiten Schläfe
IN die fünfte schwimmt,
ganz bestimmt

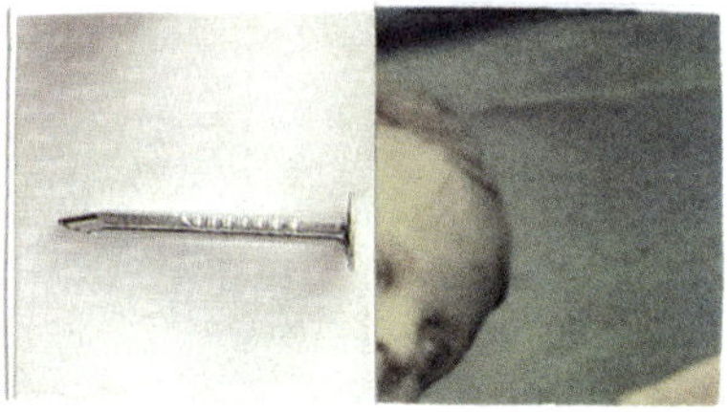

Die Ferne BAUT

Finessen aus Haut

der Kuckuck in mir

EIN NEST aus PAPIER

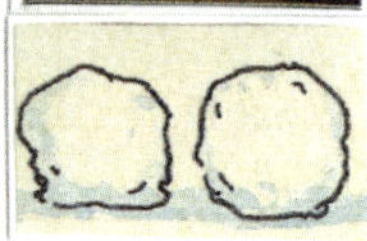

VATER grub ZWÖLF
Kartoffeln mit Ohren
aus der Polizist befahl
DASS ER Sie mit
derselben Schaufel erschlagen und
wieder EINGRABEN soll Vater sagte
Zweimal als müsse ER bellen „Jawoll“
und grub NOCH ein LOCH-
DARIN WAR die ERDE
von oben bis unten mit Erde voll

Mutter sagt
der MOND zeigt
sich IN EINEM
grünen Käfig es wird Regen
geben aber nicht hier Vater
sagt der Krieg war auch
WOANDERS aber gefallen
sind Wir MUTTER antwortet
DU nicht TOT hätte ich
dich nie geheiratet

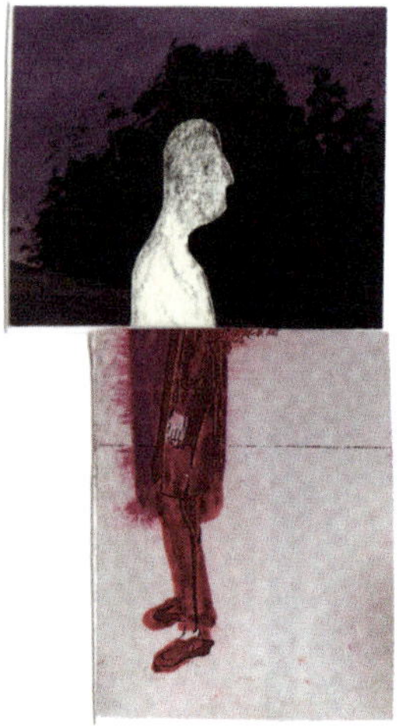

die MONDHÜNDIN
frisst aus ihrem
tiefen TELLER alles
was ich vom
Fuß bis zu DEN Schläfen
bin und VERSTECKT Sich
hinter einem SEIDENBAUM
wer weckt mich

Milch ist der ZWILLING von
TEER IN Weiß oder
SCHWARZ KANN MAN lügen
Mutter schIEBT EIN BONBON
IM Mund HIN UND her
Vater TELEFONIERT mit DEN
Fliegen

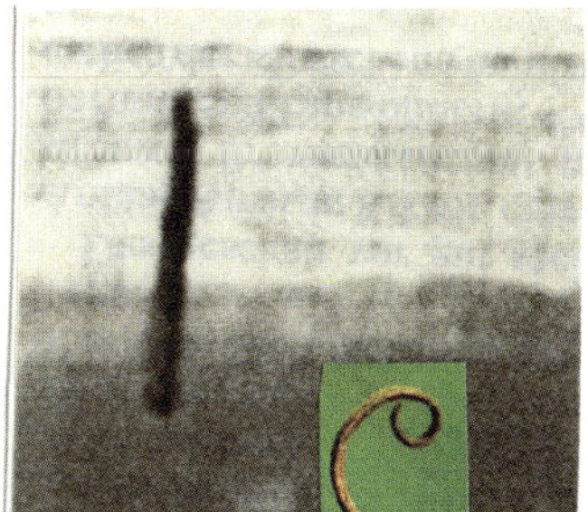

der SOMMER
fraß LEISE
die WIESE
DAS kalkweisse DORF
den Bahnhof und
GING ALS unser Haus
in der Werkstatt DES
APFELS HING

WENN der 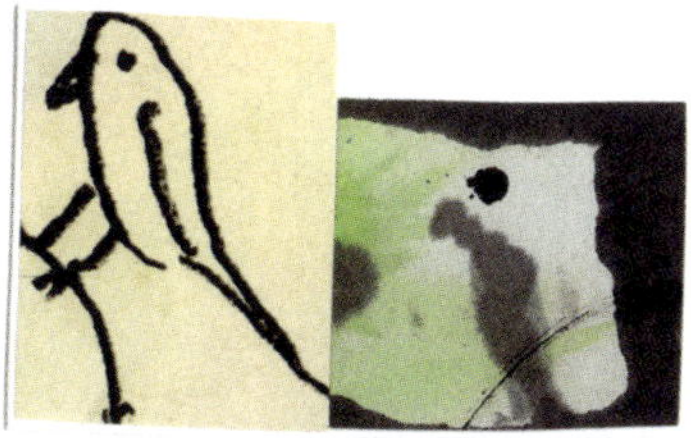
Kuckuck
ANDERS ruft und EINER AUF
DER Flucht durchs Tabakfeld
GEJAGT sein Strich
Himmel schluckt sagt man
bei uns DAS Tabakfeld
riecht schwer oder
DER WIND BELLT

erst blühen uns
DIE Bäume durch
den Kopf jetzt
wenn Sie kann zieht
die Aprikose IHR gelbes
Heimweh AN DAS ist wie
ES ist UND war wie ES
WIRD hast DU gesehen
DAS SYSTEM der Aprikose
hat sich noch NIE geirrt

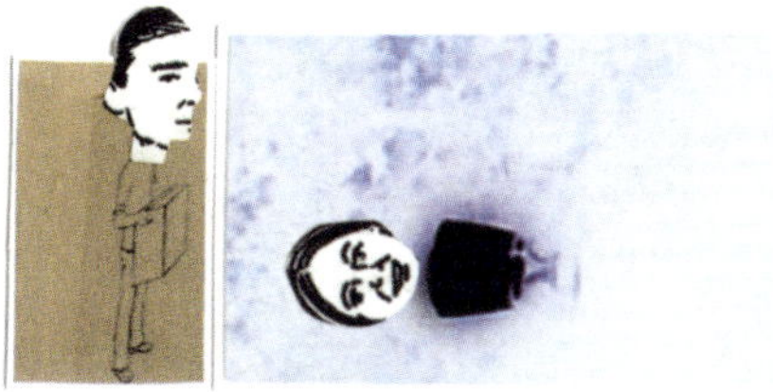

DASS ich WOLKEN zähl
3 SACK Wolle 2 SACK
MEHL 4 bedürftige Verwandte
in aufgeklappten KOFFERN
dunsthell hintereinander
FAHREN ohne ZU bezahlen
SILHOUETTENKARUSSELL

mager dass er
durch sich
selber schaute

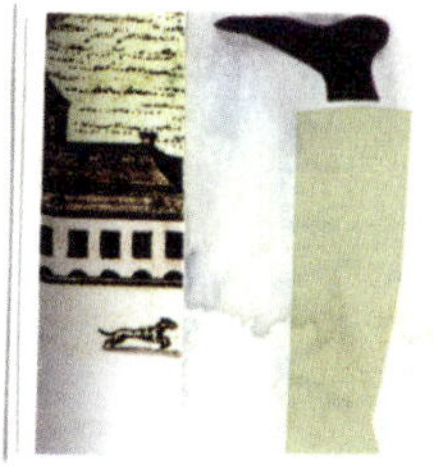

kam Herr *Ludwig* aus der
Haft und am Fußende des
Dorfes kam der Sommer und
EIN mitgenommener KRANICH
schob SICH TÄGLICH
durch DIE Luft wie
ein GEFRORENES Taschentuch

liebe SOPRANISCH
dünne und dick karierte samtige
und BRÜCHIGE GEWICKELTE UND
GESCHWUNGENE, fleckige UND viereckige
diverse milcheiweiße und schwarznächtige
ungeschorene und angeborene frische
und MÜDE Lieder und
Liederinnen, bitte singt
mich NIE wieder INNEN

ich kannte
diese STILLE
SIE tauchte

auf - ganz wie sie selbst und
SCHOB SICH GELBLICH
durch den Augenglanz
DAS wackelige Tirata
IM Kopf DAS SAH
MAN mir NICHT an das
Stückchen Mundharmonika

ER sagte
DAS Rote
AN der
ROTEN Armee ist
a) BLUT im GRAS
und b) BLUT
im Schnee

DAS WORT UNBEDINGT
IST MÜD VOM WORT
UNBEDINGT

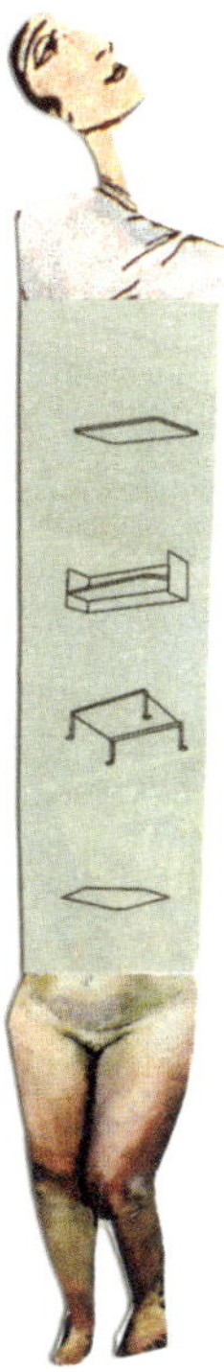

im Feld IST das Getreide müde
vom Getreide und die Sandmücken
müd von den Sandmücken die
Brennerei von der Brennerei UND
DER Wind vom WIND das WORT
UNBEDINGT ist MÜD vom
Wort UNBEDINGT UND DIE
Sonne MUSS durch DEN Rennzirkus,
doch hinter dem Busbahnhof im
Getreide dreht ein Vogel
beide Augen hundeschlecht UND
stark geschminkt in steifer Seide

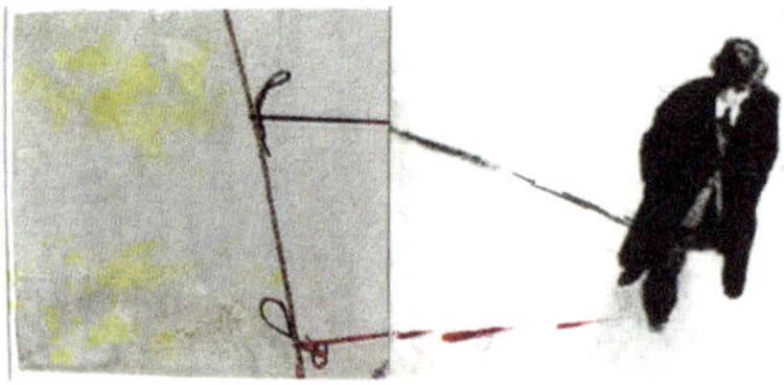

Herr Anton HAT ETWAS
Transparentes am
Hals MANCHMAL friert
es MANCHMAL BRENNT
es ICH glaub ES ist
das Glasfischchen
des ZUFALLS

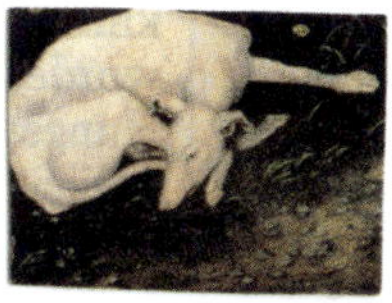 

in den Straßen mit den frierenden
alleinregierenden Laternen heiraten
die Birnenbäume zweimal ERST sich
SELBER später IHREN ZUFALL – aber
FRAG mich besser NICHT wie DIE
BLÄTTER fliegen lernen und WAS
er an MIR riecht DASS er
mir nachkommt der magere
Trompetennasenhund

der große Hund
ein Lauftalent
IST Wutprobe und
ANGSTTREUE im Pelzkostüm
der POLIZIST steht HINTER IHM
VATER VERRÄT was ER
nicht will, und der
Wind dreht hinter IHM die
ganz normale Staubspirale
Mutter BETET 30 Jahre

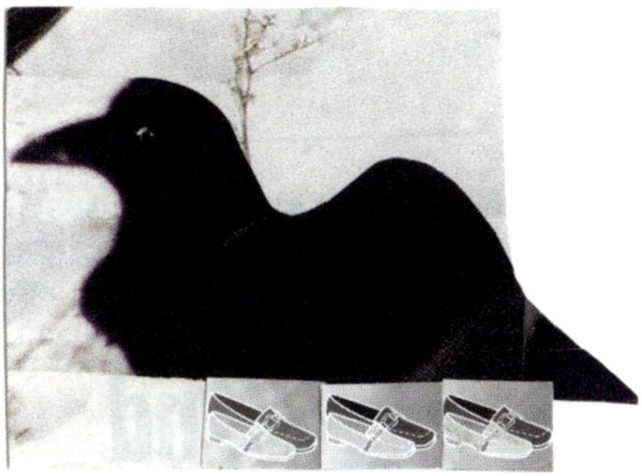

wenn ich morgens aus der Schicht
nach Hause gehe sehe ich aus müden
Bäumen DIE Buckelamsel fliegen sie
setzt sich mit dem Trommelbauch
auf meinen Schuh und fängt zu brüten
an und dann weiß ich nicht ob man
IHR DAS verbieten kann einmal
hing auch eine Jacke auf dem Zaun-
tagelang BIS sie jemand nahm

SEIDIGER Ball des Auges
STILLE Kugelpupille ich glaube
DIE FARBE DER KOHLE weiß
Wem ICH FEHLE MIT EINEM
gelben Hahn im ARM SAGTE ein
MANN am Bahndamm
Richtung gibt`s IN allen Fällen
wo Sie wollen aber Rückkehr
WÄRE EINE SO BLAUE Affäre
wie DER BLINDE Dienst
der Winde

Das LEBEN IST kein
RÄTSEL sagt der BUSFAHRER
sondern eine SCHACHTEL
mit einer Zirkustaube drin

schade dass
ich MIR
SICHER bin

DU redest
einen Stiefel aber
ich GLAUB DER HASE
kommt barfuß zu
BESUCH und A B UND zu
im Staubschuh

UND
JETZT
schaukelt gelber Sommer
so gehetzt WIE DER
Mund DEN Hunger
findet und der Wind
die Graser bindet

Sommerkind das sich satt
Kirschen isst und EINEN
Vater im Gefängnis hat
eine Mutter die verjährte
Briefe liest ihre leichte
Pferdehaftigkeit KNOCHIGE Stirn
mit silbrigen Härchen die
AUGEN weit auseinander die Nase
pocht BLASS
So dass

Immer wenn ich
eine GROSSE Liebe
hatte sagte DER Mann
war Sie WIE die Knospe
EINER Lilie aber mit der
ZEIT hieß SIE Renate

über DER Hochhaussiedlung
in der NORDSTADT fliegen mal wieder
die gleichen müden Trauer schnäpper wie
HERRENLOSE Hemden als
Eigentum der Dämmerung um SICH
selbst herum

Mein Gedächtnis IST SELTSAM
manches IST weg manches
gestochen scharf wie feine Zähne
beim KAMM

durch DIE BÄUME KAM der
Etagenbus IM Koffer schepperte DER
HASE den ich mithatte ER spielte
ständig mit einer NUSS ICH TAT
als wäre ES mein Wimpernschlag und
zog mir eine Fahrkarte, statt
AUS Papier war sie ein Büschel
Haar DER Fahrer ein Original mit
Katzengesicht sagte für Nachzügler gilt

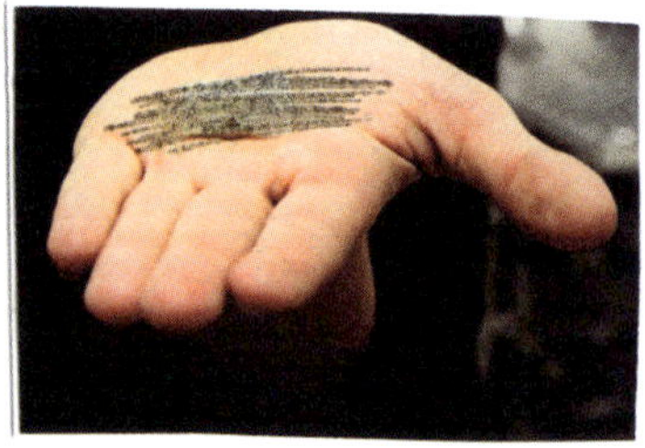

SIE nicht
es war schon
DAS vierte MAL

 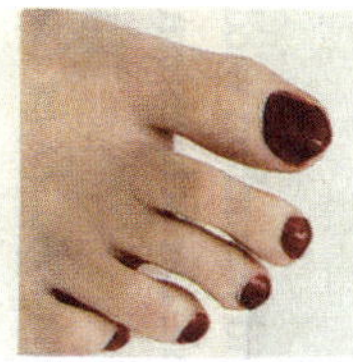

im Haar verschüttet
sich Zement herrscht
stumm als KRIECHE
im letzten Dienstraum
Richtung VACUUM auch EINE
Strähne gutes MEHL und
heimatloses HEU herum

Wenn es stimmt,

dass sich am

großen Bahndamm

das Reh

IN weichem Leder von einem

Ort zum anderen frisst pfeift

mir ungezähmt jeder im

Kopf, DER im HEMD

AUS Kohle und aus SCHNEE

gestorben ist

wenn die WEISSEN Tulpen
blühen sagt Mutter den
Kranichen sind oben,
hinter allen Wolken
Federn ausgefallen
kämm DICH vorsichtig

ich hob den Kopf doch
DER Himmel hing LEER
und weißwolkig; mit dem
Magnetsinn der TAUBE
meinte der HERR ich sollte
packen solang ich
NOCH an mir beteiligt bin

Maisfelder singen länger
ALS DER WIND Wolken
fliegen kälter Pfirsiche
herrschen gelber ALS
SIE sind (ich werd älter)

als der Herrscher bald
AM ENDE war
hob er gehetzt
die seidenen HÄNDE
seine Gestalt war jetzt
bloß noch koffergroß

doch wie weit reicht der
Abstand zwischen jetzt
UND ÜBERMORGEN kaum größer
als ein Knopfloch in DEN
leisen Murks der Zeit

DIE meisten LEUTE in unserer Stadt saßen
ein Drittel ihres *Lebens* in der Straßenbahn.
Im Durchschnitt kamen sie gut
damit voran auch Mutter sagt: durchs
eine FENSTER schlich bei starker
Sonneneinstrahlung das blaue LIMIT des
Himmels in dem auch Vater war
durchs andere die VORRICHTUNG, aus
Ziegenhaar DIE bei der Ankunft ziemlich
sicher, IHRE wackelige eigene Perücke war

MUTTER
schlägt dem
HUND den
STEIN auf den Kopf
dreht sich UM UND sagt:
JETZT ist ER erledigt
ein PERLMUTTKNOPF oder
ein TAUTROPFEN oder ein
ZAHN glitzert AM Faden der
Sonne, im Klee nebenan

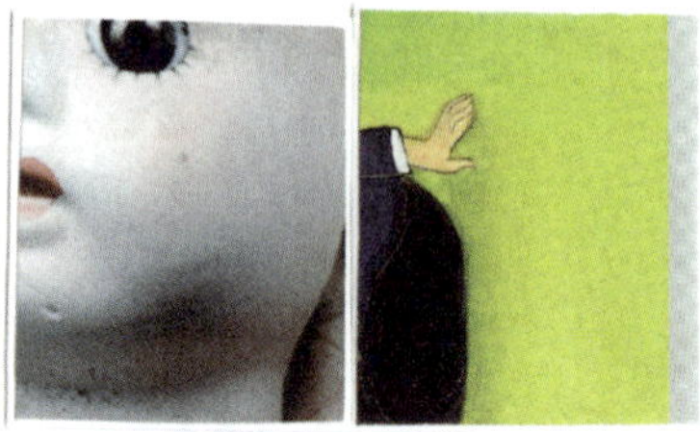

Zwei Knochenhämmerchen in
leeren Schläfen WEISS ICH
WAS Sie vorhaben gestern
gaben BEIDE Augen Mir
zum Beispiel ALTE Seide

BEI Wind sind
im Birnenlaub dieselben
Flecken- DIE Mutter AN den
FEDERN des Perlhuhns UND
mich AM Leder des Koffers
erschrecken

Ich bin es müde IN
jedem Land ist mein Heimweh
von gestern morgen NACHT aus
der vorvorigen Landschaft mit dem
Verstand des Rebhuhns gemacht

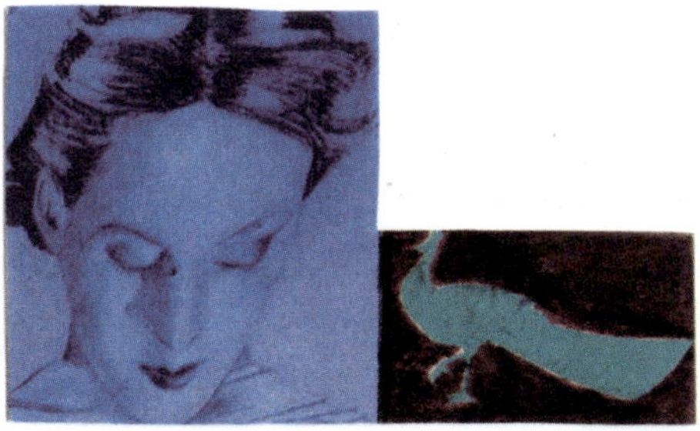

Wie IN DEN WITWEN
ihre toten Männer LEBTEN,
wie die KLETTEN an den
SCHAFEN KLEBTEN wie
eine Sonne sich im Abwärtssog
noch mal durch die Kügelchen
der APRIKOSEN ZOG
oho!

UM das Haus wo keines ist
BELLT EIN Hund den es nicht gibt
UND DER Postmann stellt sein
Rad AN den Zaun wo keiner
ist und er klopft an eine Tür
die es nicht gibt und es
ÖFFNET der Herr PLESS DER es
NICHT ist nimmt den Brief UND
fragt müd WISSEN SIE wer den
Puls wie eine Uhr aufzieht

ALS DER Holzmann dann
MECHANISCH sang und mit
dem ersten Tod als
Kleinod durch den greisen
Mais zog FING
die HEIMAT AN

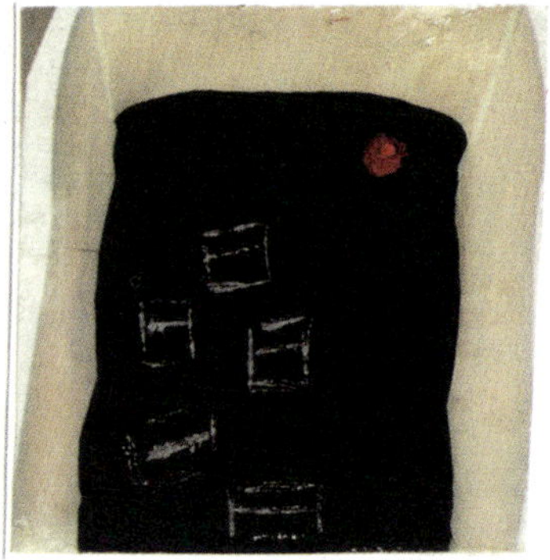

Schlaf
HAT unser Dorf tief INS
Schwarze GESCHICKT
dass die Nacht DIE
roten KuGELn
der Kirschbäume KRIEGT

DIE Morgenwolken TRAGEN
Hasenköpfe und breite Schulterpolster und
die Landsleute im Exil gehen durch die
Prachtstraße ALS wäre sie
ein Nachtzug mit dreckigem Plüschbezug

Früher hatte
meine MUTTER
eine moderne
TASCHE aus
Fischhaut ich wusste
dass sich darin WENN SIE
DIE aus der Hand legt
sofort etwas bewegt

im Dienst
des Mondes
steht EINE Aktentasche
darin ein Stück Kohle
und ein Stück VOM Gaumensegel
(beide in gekühlter Seide) im
schnellen Wind hör
ich DIE Fenster bellen

weisst DU
IM Lügen
sind SIEBEN
lila Nachtigallen im
Tralala der Wahrheit aber
gehn über hundert sieben
ordentliche FALLEN ZU

am Ende DER FERNE zieht eine
Erle ins blaue HEU
es IST EINE fremde DIE
Heimatgemse sieht man nicht
nur das Geweih eine Kopfgabel
magisch verzerrt sie
war NIE fort jetzt
IST SIE

zurückgekehrt

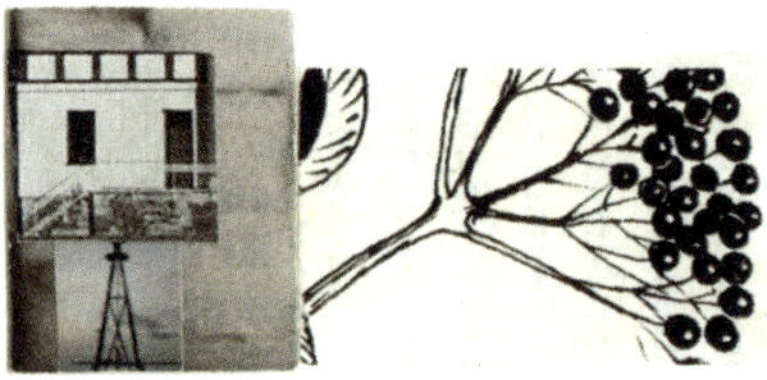

JA Wachturm sagt
SICH leichter als
GAUMENSCHMEICHLER
UND in der Mischung
der Eklat DER Dinger,
Angstschliff in der MITTE
OA – Entschuldigen Sie bitte,

ICH weiß nicht, OB

die Gegend **sieht**

wann ein Fahrer müde wird.

WER WEISS, WEM ICH DAS LEBEN STEHL

Weizenfeld IM gelben
HEMD große Mühle
KALTES Mehl oder
Wer weiß wem Ich
DAS Leben STEHL

 die Musikanten

spielen

in den Bäumen JUNGE

Hunde tanzen auf den

STÜHLEN sitzt der Wind

und der Nachbar stürzt

AUS dem Fenster weiß schon

ein Jahr nicht mehr was

Türen ODER Füße sind

Wir hatten Uns
BEINE vom WIND
GELIEHEN ALS
Wir geflohen SIND der
Mond STAND dünn war
eine Glaspfeife hatte DIE Weite
greifbar unter SICH wie
warmes Pech Wir sprachen
auch DIE nächsten Tage
nicht weißt Du wie man
Steine BRICHT

Vom Grenzhimmel
sieht MAN NUR die
Unterseite und zwei drei
Untote BIS zum Hals
UND BIS ES knallt
im lauernden Getreide

iM Gelbrockmuster
DES langsam schmal
werden den MONDES IST
das feurige Gespür FÜR
Unbewohntes UND
ES ist nicht VON HIER

der BOULEVARD arbeitet
mit Beton das Mobiliar
mit HOLZ DIE Gefahr
mit Spinnern im Bonbonladen LEGT
MIR der Inhaber die Karten
IN manche Zonen sei ich nicht
mitgekommen, aber von außen
gesehen, wolle ICH gehen, sagt ER
DAS *gewisse Etwas* habe 7 Zehen,
So Mo Di Mi Do Fr Sa
ROTE Kirschen bleiche Brote
sagt ER setz dich Barbara

Der Pförtner SAGT
vom Vogel her ist höheres
UNKRAUT ein Wald SO WIE
der Vogel vom UNKRAUT
her eine portable
IRRENANSTALT wenn
man länger nicht HINSCHAUT,
noch mehr

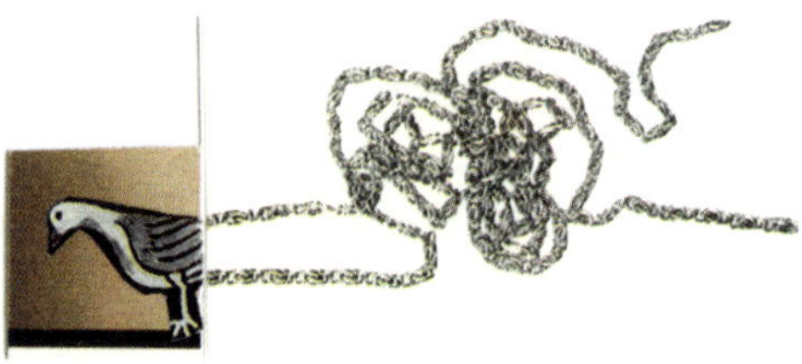

ich nannte
DEN HERING
die TAUBE
mit HALSRING
und Federn im dünnen ÖL
des Regens den GRÜNEN KOFFER
der Bäume ER sagte wir
meinen aber SIE brauchen GAR
kein en deswegen sagte ich SIE
täuschen SICH – immer hin bin ICH
meine unbewohnte Nach barin

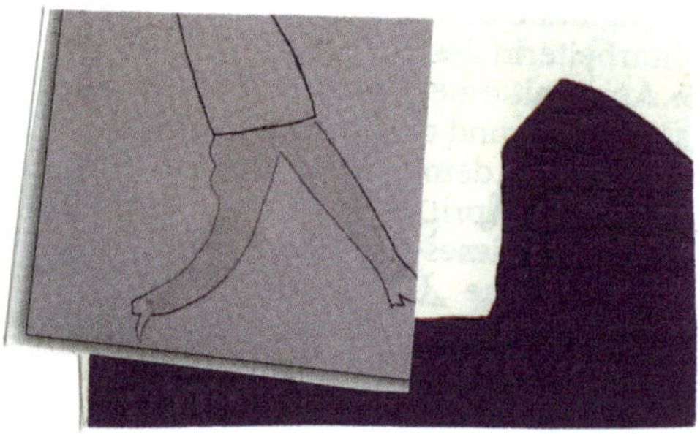

Mutter ist Mutter ihr
Beruf bin ich VATER ist
Lkw-Fahrer WAR er seinen Beruf
fraß der SUFF Was ich
versteh unser HAUS hängt
pelztief im Gras dann
pelztief IM Schnee
aber WER wechselt das

Wolken

zeigen das Zerteilen des

Fisches IN Hellblau ES

HAT WO man NICHT

reden darf GLEICH etwas

POLITISCHES

EINS und EINS
ist entweder egal
oder im freien Fall
wer zieht den Unterschied MIT wilder
Seide unters Augenlid UND
DIE Wachstasse hinter DIE
Wange wo nimmt die lange
Angst SO weiße Pfoten HER WER
streut den Zucker
UM DAS HAUS UND stopft
Mutters Lippen mit dem
elternlosen Lächeln AUS

Angst IST
ein GRELLER
Stoff der
beim TRAGEN auffällt wie ein
Hühnerkopf als Brosche
am Mantelkragen aber
ein Polizist hat mal gesagt
wunderbar dir glänzt steigende
Furcht im Blick wie Kaviar

TIEF zieht MIR der
Schlaf DIE Kappe ins
GESICHT allerdings ist sie aus
Fleisch RECHTS kleines SCHAF
links großer Pfau DIE beiden
schicken mich auf Gräserschau

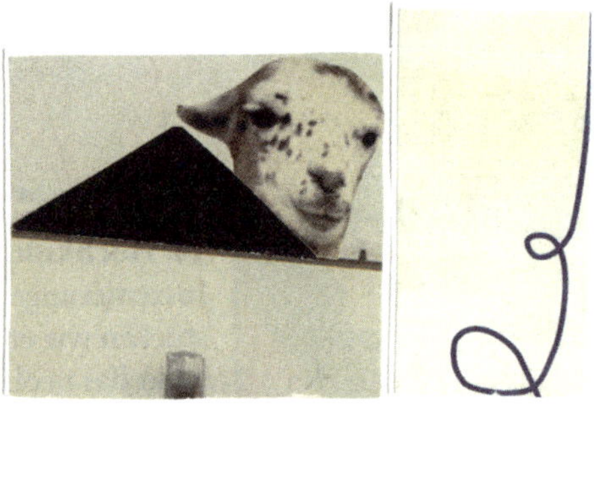

am ZWILLINGSHAUS
spielten
Musikanten
INSTRUMENTE hatten
Sie nicht NUR dicke
Backen und vom
Schatten DER NASE auch ein
Stöckchen IM Gesicht

Am kahlen
Hügel fragte
der Wächter
ist DIR was
aufgefallen ich
sagte der Ameisenhüter
hat einen Staat AUS
wahnhaft grünem Pelz
und ist AUCH Kistennagler
also wohl Mitwisser
der Erde selbst

alles hat SEINE eigene
Haut NUR der SCHWAN auf
dem Fluss singt aus
Federn gebaut dAmiT
man versteht wie sowas
geht, heißt es Flussbett

Wenn JEMAND behauptet, jede
Pappel hier sei sowohl mit
der ALLEE verheiratet
als auch mit JE zwei anderen
im Umland einer kleinen
STADT denke ich an Zuckersand
und müdes Heimweh

gestern saß ICH
neben dem Spiegelfabrikant sein
OHR hob AB WIE ein
Rosenblatt, ich wollte ES
fangen bevor es verschwand
aber er schrie es wird

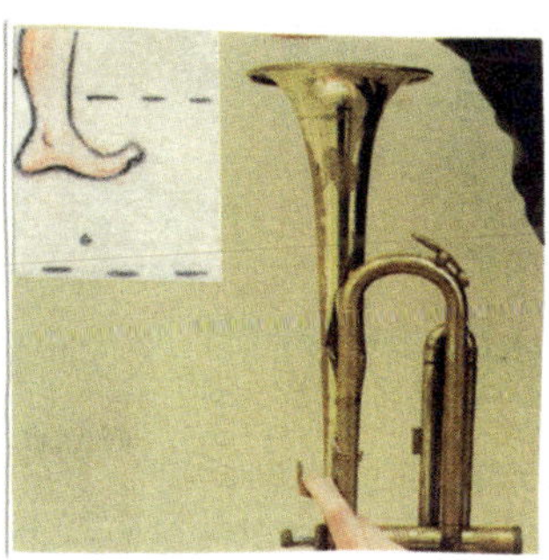

NICHTS nützen
BLEIBEN
Sie sitzen

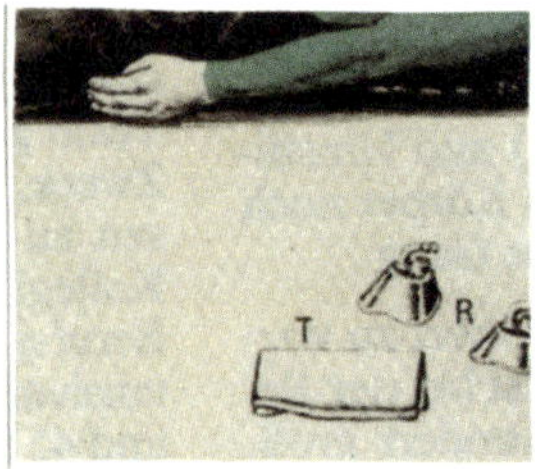

ALS der Uhrmacher
tot war, KAMEN
Bartdiebe und
kämmten sein HAAR hintereinander
in den Straßen sahen
SIE wie geflügelte Musikanten
AUS und wir gaben IHNEN BROT
SIE aber fraßen eine große
Leere ins Abendrot und
trugen UNSERE herumliegende ZEIT
als bläuliche VOLIERE

– Womit verdient das NEUE Gras den
KOFFER in GRÜN der NEUE
SCHNEE den KOFFER IN WEISS
ich kann MICH fertig machen
falls es meine sind der Wind
VERDIENT SEIN Hemd IM LACHEN
der NACHTPORTIER hat graue
Möbelfüße oder wär gut
WENN mich die
nachgewiesene Angst
in RUHE ließe

einmal baute mein
Vater eine
FLATTER OB
SIE AUS DEM alten
Hemd oder aufgeschlitzten
Papiersack war weiß ICH
nicht DER WARME Wind
trieb UNS den halben TAG
DIE Haare ins Gesicht

Was als Späher im knielangen Mantel,
mit GRAUEM Herrenhut hinter
den HÄUSERN geht durch den
erfrorenen Klee ist eine
kleine unbemannte TANNE
DIE NACHT baut Schnee

Es gibt viele Arten von Schnee den morgengrauen
DER SO schimmert wie HUTSeiDE den bläulich
glänzenden WIE EIN Drecks – Nachtgewächs den
matten gelblichen wie Wildgetreide DEN plüschmöbeligen
schrägen gibt es und auch den lang amtierenden
doch am liebsten schon vergangenen der am Ende
DER STADT Schulterklappen hat UND ES gibt
IM Hospital noch den jetz*igen* haarnetzigen
Schnee und die Allee der weißen Nachtkäst chen
siehst du ALLE barfuß und AUS EISEN DU
wirst JA emigrieren sagt Herr Wend, aber ich
werde einen großen Koffer Ameisen dressieren
unter der Erde

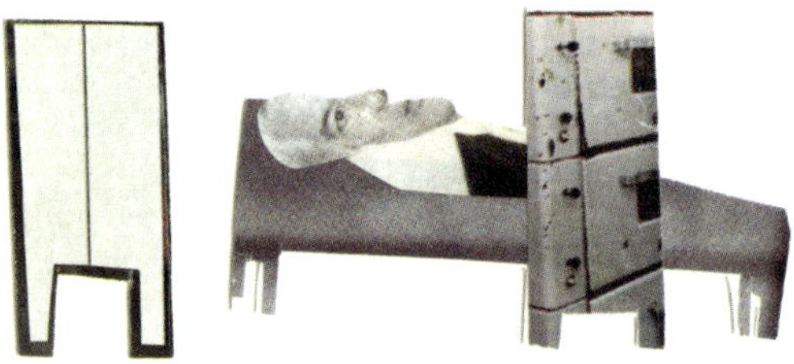

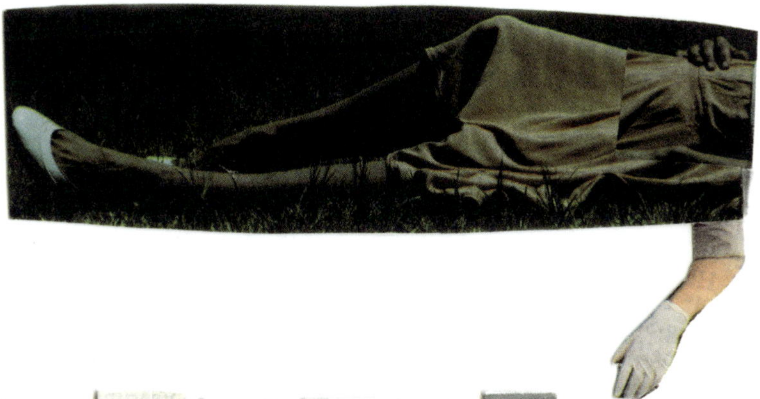

dann SAH man bei uns im
anliegenden Garten DIE Leute (fast)
bis zur Taille im SALAT baden und
WENN SIE WIE gefangen im nie
enden wollenden September lange nicht
heraus kamen WAREN SIE
beinah PEpita besonders DIE
DAMEN

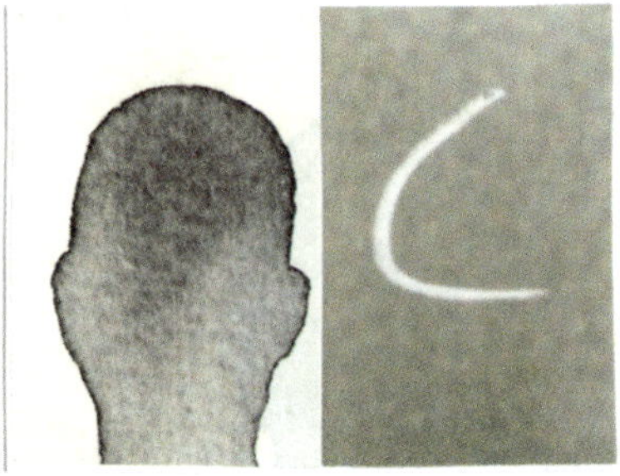

als der
Abriss Des
Mondes
anfing wurde EIN KÖNIG
BESEITIGT und einer nicht
weil ES nicht ging und
der Mond HING MAL voll
wie die kugel mal dünn
Wie die SCHLANGE weil
es noch lange nicht ging

Der mit den blauen SCHLÄFEN
sagt WENN ICH das GLÜCK
RICHTIG versteh ENTKOMMT
von vier HASEN der FÜNFTE
in der Haut DES sechsten
durch den Seidenklee

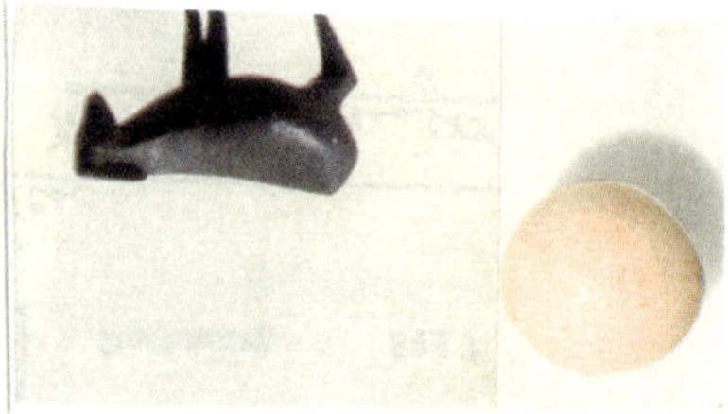

im GEFÄLLE – ZWISCHEN

Bruchgold und Kohle

AN der niedrigsten STELLE

DER WOLKEN kauft

das Heimweh SICH

2 Hemden aus 7 Farben Schnee

Die Räder waren zu viert und
alle Türen nummeriert ICH saß
in der Schläfe der Nachbarin auf
dem Stuhl aus GLAS bevor
der WAGEN FUHR sagte
der WÄCHTER DURCH den ALTEN
LAUTSPRECHER er empfehle gute
FAHRT und MAUL halten
und Kofferraum öffnen

für DEN Schatten
vom Haselnussbaum

Die streunenden Hunde
verlieren den Kopf vom
wackligen Brennen der Sterne
am TAG ist DER HIMMEL
ein BLAUER Zylinder nachts
eine durchschossene KASERNE

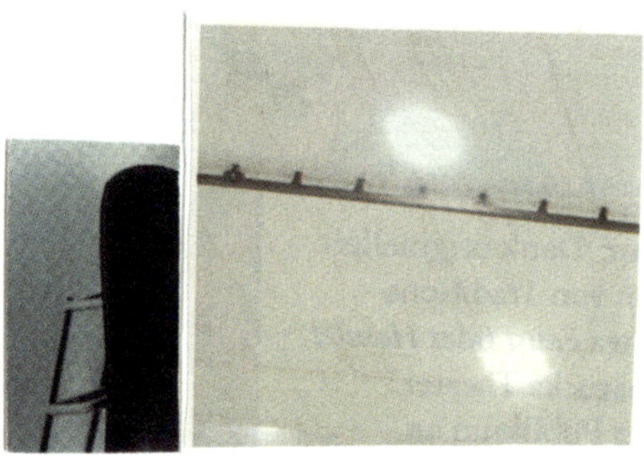

das DORF

ist weit
und Mutter
schreibt
DER SOHN vom Nachbar stirbt
die SONNE wird wie KALTE
MILCH die Birnbäume von nebenan
machen ihre Holzarbeit

Das Dunkelfeld über
der Stadt
ist die Saat
von schwarzen
Melonen sämtliche Sterne
sind IHRE KERNE sowie
IHRE BLÄTTER unsere BETTEN
und DER es weiter SAGT
geht LEIDER HOPS
wegen Geheimnisverrat

dass Gefühle Röcke
aus Glas mit Rüschen
aus Eisen tragen
rührt beides nicht
AN Grundsatzfragen.

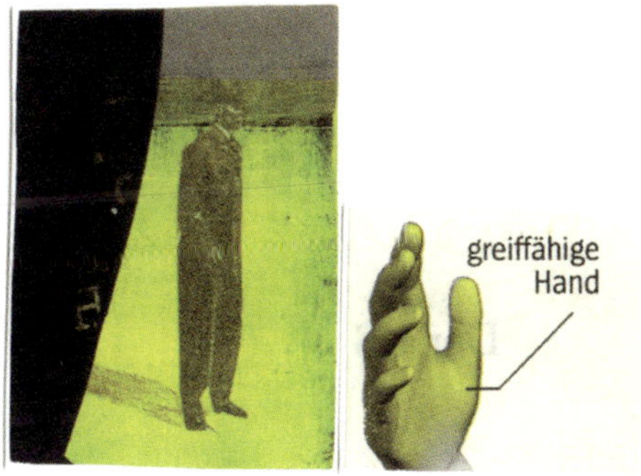

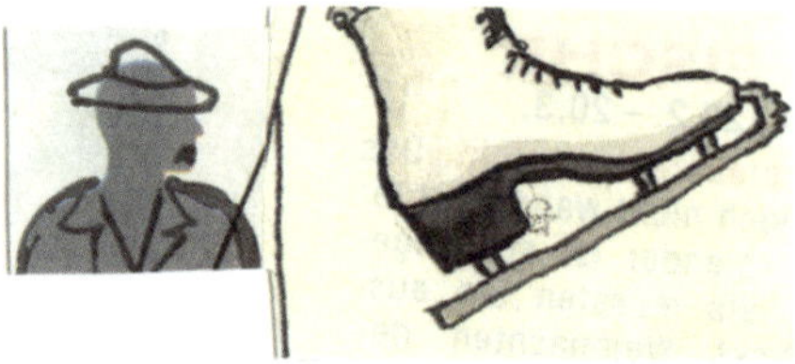

ein Zucker ist
weiß WIE DER Teufelskreis,
ein Zittern KALT
WIE DER wachsende
WALD ODER HEISS
ein REGEN tickt dünn
eine Kugel ist keine Tänzerin

der MOND hängt da

IN seinem Kipfel IN

seiner Mundharmonika

später wird ER bläulich wie

die Aktentasche des Präsidenten

und SCHEUT SICH nicht,

das Leder DER Schuhe der

toten Freunde ZU verwenden

Ich hab im Schlaf ein HAUS MIT
schmaler TÜR (und DEM Portier
AUF seinem STUHL) EINEN Koffer
und EIN SCHAF gesehen, das
SCHAF konnte mit der TÜR (UND
DEM Portier auf seinem STUHL)
am Hals durch den Koffer über die
Dächer gehen es wird kein Traum
gewesen sein um 6 Uhr früh
sah ich den
PORTIER neben
der TÜR mit einem
Koffer STEHEN

Der Herr KLEIN
erzählt Herrn
Stein wenn
die Akazien so WEISS
blühen kann MAN sich
ZUHAUSE FÜHLEN UND DER
Herr Stein erklärt Herrn
Klein fühlen schon
aber nicht sein

im Niedergang HAT der SOMMER
MIT DEN GRÜNEN Krallen
uns dem schmeidigen Gesang der
Parallelwelt im steil aufgestellten
nierengelben Maisfeld
überlassen. AN den Details vorbei
wird man sich anpassen

seit TAGEN
liegt auf dem
Weg ZUM Verhör
ein Apfel als wär ich
zu zweit nur WENN
ich EINMAL nicht mehr
ZURÜCKKEHR tu ich
ihm LEID

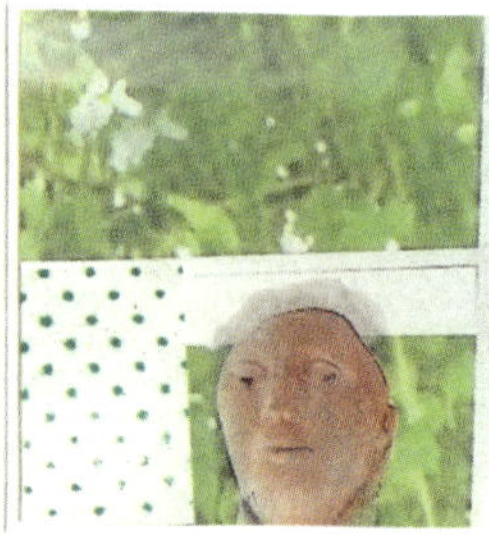

Vater ISST
einen Apfel
UND WINKT
sich im SPIEGEL
Mutter fragt kennst du den
Vater SAGT ICH Kann DEN
halt sehen er ISST
auch einen Apfel UND winkt
MIR ZURÜCK Mutter sagt ah
hast du Glück Vater nickt

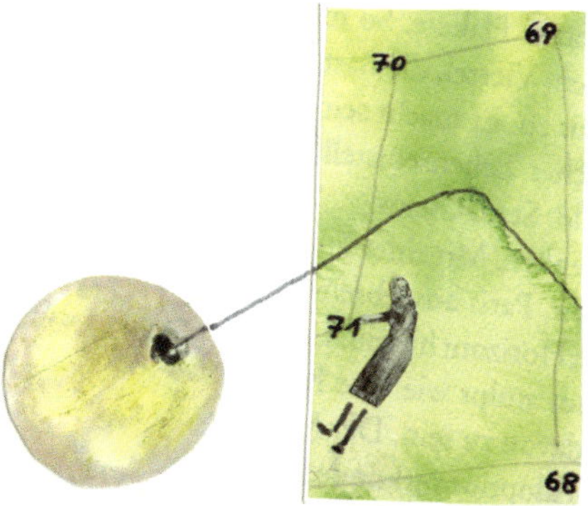

in der Werkstatt
des Apfels
wird ein zentrales Gehäuse in der
WerkStatt der Dahlie
eine NABELSPIRALE in der
Werkstatt der Fliege die Musik
DER SCHRECKDÜNNEN Haut in der
Werkstatt DER Lippen WIRD ein
SCHNEE NACH DEM andern gegen
die KOHLE im HEIMWEH gebaut

DIE HAUT IST
NUR EIN FLECK
BELEIDIGTER BATIST

nur ein weißer Porzellankopf sprach nur was ihn
betraf er sei der Inhaber ABER ICH
fragte, warum zünden Sie die Kerzen
AN ich habe nichts getan in den Flammen
sprangen ein Sichelhahn SCHARLACHROT Fische
RAUCHSCHWARZ wie Eisenerz Insekten bleich
wie ROSENQUARZ ich dachte AN die
stramme Rose im Herzen AN die nutzlose SEELE
WIE EIN Sieb der Inhaber fragte aber
WER gewinnt die Oberhand ich sagte

DIE Rettung DER Haut
er schrie DIE Haut ist
nur ein Fleck beleidigter
Batist ohne Verstand

wenn HIER in der
Umgebung NEBEL ist fahren selbst
DIE SCHWERTRANSPORTER elegant
durch eine Schlafwand
aus BATIST

Was ich IM Heimweh
versäume – übers Haus wirft
sich WIEDER IN alle neun
BÄUME ein ganz Junger Wind
INS grüngerippte Holz
aus dem Sie vielleicht GAR
nicht SIND

es heißt der Herr Zlof
war seither zögerlich
aber dann hat er
total dreist hin oder her
WIRKLICH mehr als über flüssig
den Hut gezogen
doch er hatte IHN
soviel MAN weiß
gar nicht dabei
obendrein heißt es noch
ein HAHN füttert
den Hahnenschrei

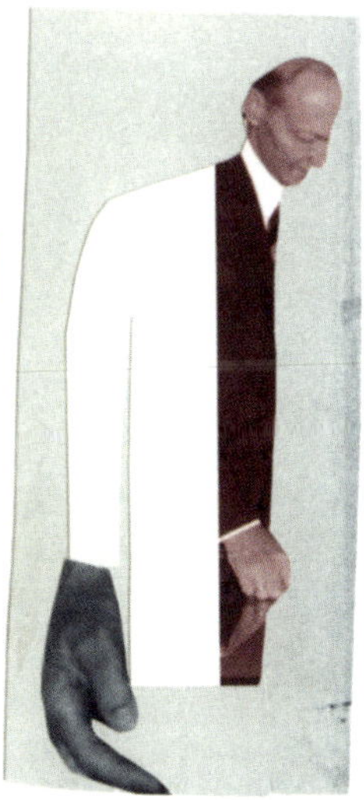

Die erle

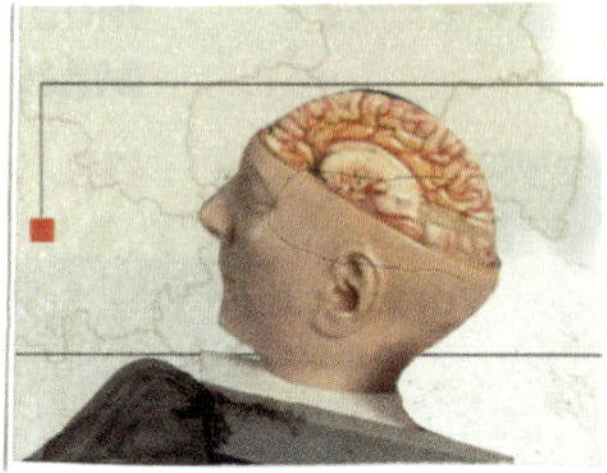

und die Kohle

lernen sich beim TODE ihres Kunden

selber kennen. Die DOMIZILE AUCH

und das Gefälle DER

nette Apotheker sagt: GEFÜHLE

rollen DURCH DIE pure

Rückkehr wie Pfirsiche mit

SCHWARZER

hin und her Wolle

im Mittagsschlaf
DIE bleichen
Gerstenfelder
der Himmel schaukelt sein
tiefes Bett der Nachbar seinen
Buckel wie einen frischen
erstklassigen Maulwurfshügel es
heißt ER wächst vom Lügen seine
Schicksalsanekdoten sind ein Tagtraum
und gelogen es heißt auch
WILDES HOLZ erstickt den Baum

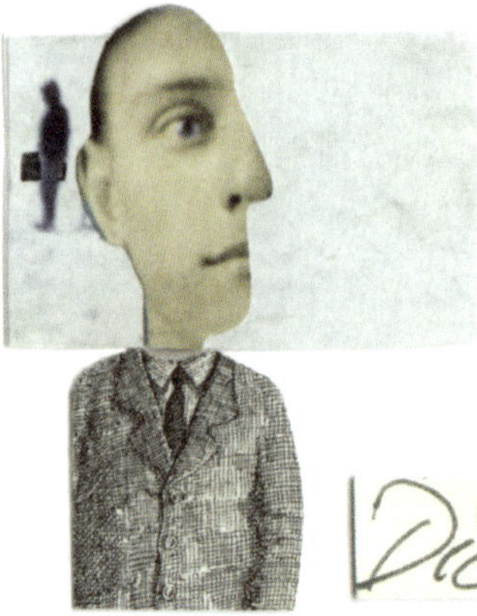

Die frostblaue
Hand am Koffergriff DAS
hauslose Gesicht und
DAS wortgewandteste klammheimlich
IM Glasleib die Ameisen
erscheinen wie TRÄNEN
MIT Beinen

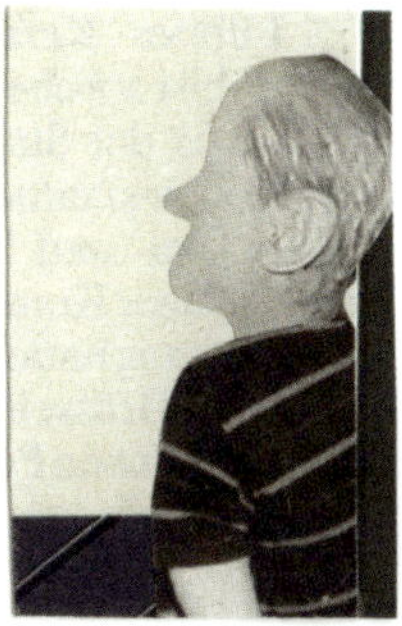

wenn ich ans Fenster geh
seh ICH den Nachbarn mit
seinem ausgewachsenen Lkw wenn
er SIEHT dass ich IHN seh
pfeift ER LA paloma
ODER das Kirchenlied Maria zu DIENEN
IST allzeit MEIN SINN oft sehr frivol –
als obs eine PolKa wär im vorigen Herbst
hat ER mit mir eine Schwarzfahrt ins
Tal gemacht wir haben acht Rebhühner
gesehen, im Grasland im Flatterkleid und ES
hat Mehl geschneit auf der Rückfahrt hat er
dann gesagt diese Vögel SIND zwar apart
aber das Rotkehlchen ist das Sternzeichen
der verwirrten NEUreichen

heute Saß MEIN
TOTER Vater
AN der Ecke mit einem HUT
aus Erde und GRAS UND
einem Orden am Mantel und
verkaufte Schuhlöffel
und Augentröster für den
Handel brauche man ein
Tischchen sagte ER und den
TRICK mit dem ersten Blick
also den Umckaloabo

jeden Abend kam Herr Frank
drehte DIE dubiose Kurbel AN
SEINER Steindose später kamen 6
Kollegen nahmen sich Watte HELLBLAU
wie Luft und polierten für die Flucht
DIE Apparate aus Metall das Thema WAR
TOTAL ZENTRAL deshalb kam aus dem
Dienst in der Provinz als Mittelsmann der
General bot Pässe AN unsigniert
und limitiert als Verpackungsmaterial
brauchte man kalkweiße Frauenkleider binnen

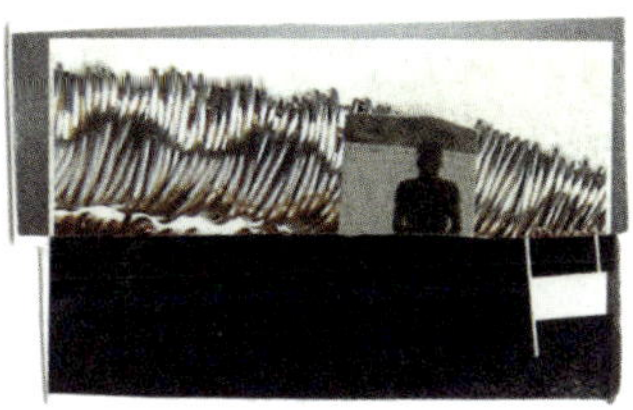

EINER WOCHE ALSO
auch 3 Näherinnen

MANCHMAL weiß ich WAS den
RAPS ins GELBE Licht verstrickt
und wer die Züge BLIND INS
EISEN schickt aus dem SIE SIND
manchmal wirft die FREIHEIT
mir den Luftschal um den Hals
das SCHÖNHERZ MIT dem
ROTEN FLEISCH tickt fast
im TAKT DER Kirschen AM Ast

die versteckten Innereien
der Melonen die
Orden auf der
Taubenbrust der Generäle die schnelle
Kindheit DER Insekten die Drehmechanik
des Windes und der AUF – und Abbau
des Mondes mit dem Glaspedal
und wie sich alles portable
Material in großer Stückzahl als
KOFFER inszeniert wenn MIR
was passiert, wird die Gefahr floral
weil Sie wie DIE Kapriolen
DES Sommers funktioniert

ES heißt in den weißen DEHNUNGSSTREIFEN
der Luft sei die Ringeltaube mit einem
beispiellosen Tempo selbstzerstörerisch aber SO
schmerzfrei wie das ahnungslose Fleisch
der Aprikose und sie habe ihren
späten Flaum AUS 2 Perückenläden
gratis aber ich frage wie heißt DAS
Zünglein AN DER WAAGE auf Dänisch
kann ES hören, kann ES sehen,
darf ES fahren muss ES gehen? vielleicht
über Leib und Leben stehen ...

der Wind legt sich die Luft schläft
schwarz DAS Haus schläft weiß DIE
Schneiderin sagt die Dunkelheit trägt einen
Pfirsich auf dem Rücken UND für die
LEUTE EINES dürren Dorfes die der
schwere Irrsinn packt – bis ALLE
nacheinander auswandern WÄRE ES gut zu
WISSEN, wächst ER oder wird er angebissen
unser NACHBAR ließ sich den Koffer
ganz MIT Samt auskleiden und AN den
SEITEN Atemlöcher machen, wer weiß,
was er außer ANZIEHSACHEN und
ein paar Kleinigkeiten mitnahm VIELLEICHT
sogar EIN Lamm

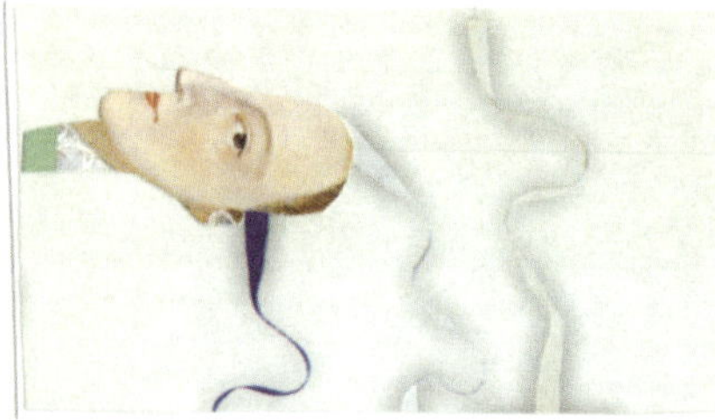

Die Straße mit DEM LANGEN
Fuß ist GLATT DIE Straße
MIT dem kurzen Fuß in
ihre Treppen VERNARRT
in der Weite MEIN HERR, werden
DIE Zeitmessungen VON DEN MÖWEN
gesungen mit weißer GEIGE
und Schnabelzungen

und dann kam
das Gesetz aus
WEISSBLECH
über mich es

war dreieckig bewegte sich und
stach mir EIN Knopfloch in
DIE Zunge gleich danach zog
ICH den Gaumen als Mantel
an und eine eingepackte
Zeit begann ich dachte
indirekt und sprach schneebedeckt

tagsüber am Straßenende
schattenspendende Maulbeerbäume,
in den kargen
schluckstarken Wind hält der
Buchsbaum DAS Köfferchen
IN dem seine Schulterblätter
die magere Hüfte, UND
ein paar Vogelstimmen sind
manche Wolken ziehen den ganzen Tag lang
im Rudel und leben vom Fischfang DIE
NATUR ist träge und antriebsarm, dieser
Sommer macht uns einsam. DER Nachbar
TRÄGT schwarze Thrombosestrümpfe einen Schädel
wie eine große Porzellandose und glaubt alle
Dinge vom Gaumenhölzchen BIS zum
Unkraut SIND von Naht zu Naht nach Belieben
aneinandergebaut

in meinem Haar IST
DER Vogel im Käfig
er singt mich
hoffentlich bin ich
nicht nur SO 'N begleitender
Strauch sondern auch

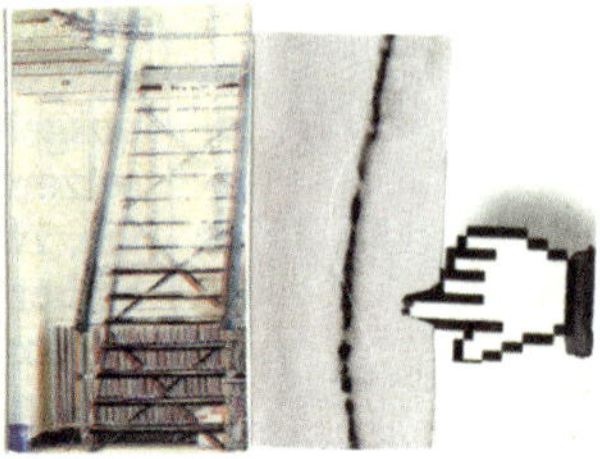

kam der kahlgeschorene
Soldat AUS DER Stadt
und sagte Vater
hat sich nach
DER SCHICHT umgebracht angeblich
mit einem Stück Spagat im Keller
der Fabrik Wir hielten EINE
TotenWacht dann NOCH eine
und noch eine DIE elfte hat uns
fast um den Verstand gebracht
EIN Sommer kam sehr früh wühlte
blaues HEU aufs Dach und bügelte
das Feld bergab. EIN Sarg kam nie

Kurz davor ging
der DIKTATOR DURCH
die Bäume später
in der Sackgasse
waren seine Füße
in meiner AKTEN TASCHE als ich ihm zu
verstehen GAB dass ich sie nicht
tragen kann ÜBERRASCHTE
mich ein MANN mit DOPPEL BART
ER trug ein Schwarzbrot grüßte
KNAPP und nahm dabei an
jedem Baum DEN HUT AB

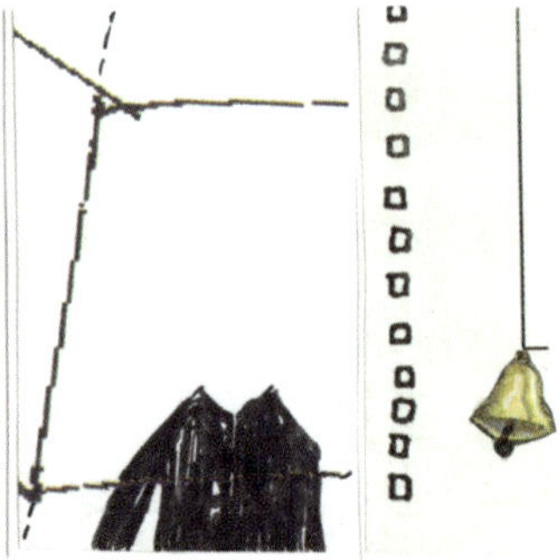

DIE Eckfähnchen
der Tankstellen
das Fell des
Nebels der Bauch
der Birnen auch das gelbe
Bettgestell des Mondes sind
AN und für sich - und am
Gaumen DAS Glöckchen aus
Fleisch IST verfänglich
es schluckt MICH

der Tag mit dem Rennpferd
mit dem Platzhirsch mit dem
REHPFERD mit dem Nilpferd
mit dem Krokodilpferd
nicht nett ist das Gefährt
mit dem Lockwort und Maulkorb
aber ein Geheimnis ist

der Tag mit dem
Hasenbiss

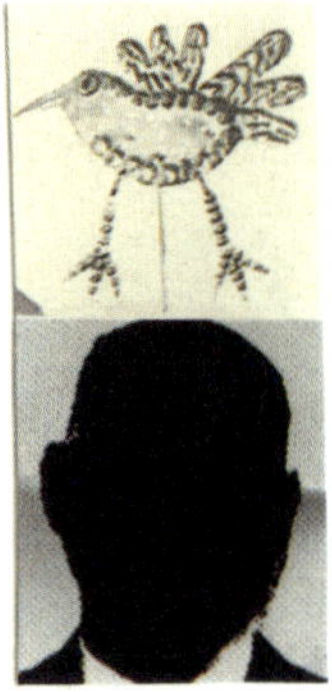

GRUNDLEGEND siehst
du in die Bäume neben
der Schuhfabrik Regenschnüre
fallen wenn SIE den
kahlen Kopf des
alten Nachtportiers berühren
denkst du dass sie ES tun
wie Glasnägel doch wenn
er nachher einmal noch einmal und
noch einmal zusammenzuckt denkst du
dir ungefähr gar nichts MEHR

beim VERHÖR dachte
ICH quer durch MICH er
IST der Hundekönig DAS
Hundegift bin ich ODER ich
DER Hundekönig und er das
Gift für mich schon bald
die achte Stunde schwieg ich
großmäulig

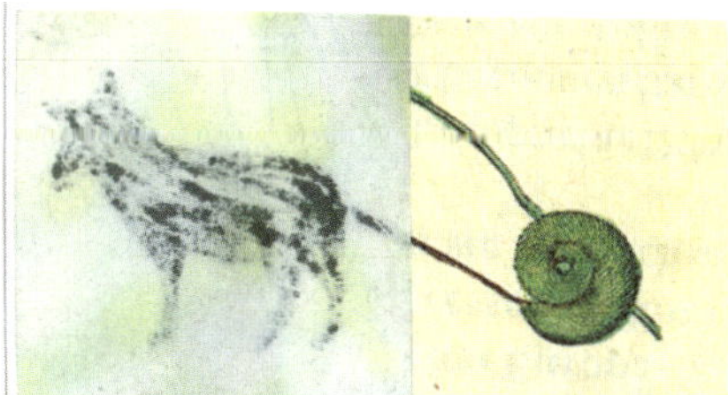

EIN AUTO hielt
AUF DEM Paradeplatz
ES STIEG nur
WIND mit Peters
MÜTZE aus INNEN an
der Futterseide klebten ZWEI
Melonenkerne DA glaubten
wir dass er NOCH lebt denn
beide glitzerten noch nass
wie schwarzes GLAS

Löffelschaum Weichselbaum der tragen
KANN TUPFEN HAHN der
fliegen kann MAIS IM Wind WIE
Schaukelstühle – auch Eltern
auf null hatte MAN ACH AM
Limit DER GEFÜHLE kam
ein ZARTES Pferd durchs
Fenster schaute bloß
NONSTOP ein Rhinozeros

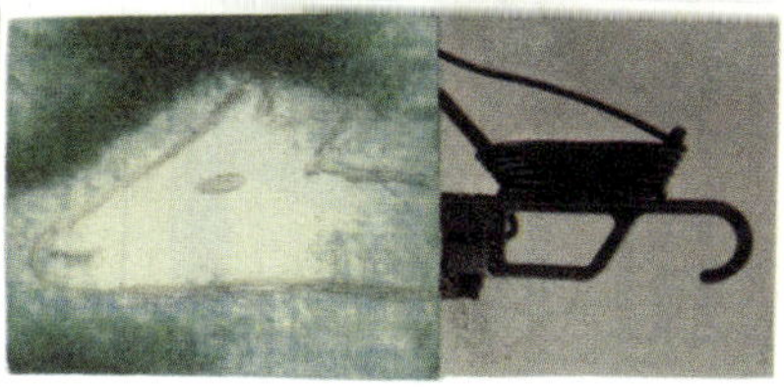

zwischen den
Bahnhöfen erschienen
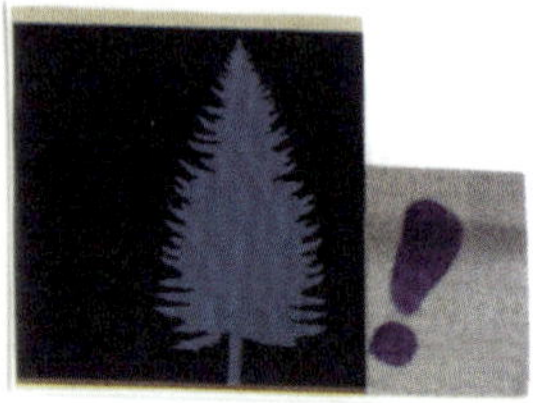
Perlhühner und
DIE Merkmale
jeder STAUBSPIRALE mit
IHREN BEIDEN Freiheiten
Wind WIRFT Wind
INS LAND und Sand
WIRFT SAND

Mutter HAT gesagt, wenn ICH
SIE nicht richtig mag wird DER WIND
MIR mit der Glassen se die Füße
ABSCHNEIDEN wie Gras und MEIN
HAAR wird ALLE Füchse
kleiden Dann hätte ich Sie
fast gezielt gehasst ES war
von der GLEICHNAMIGEN Biegung
die Hinzufügung

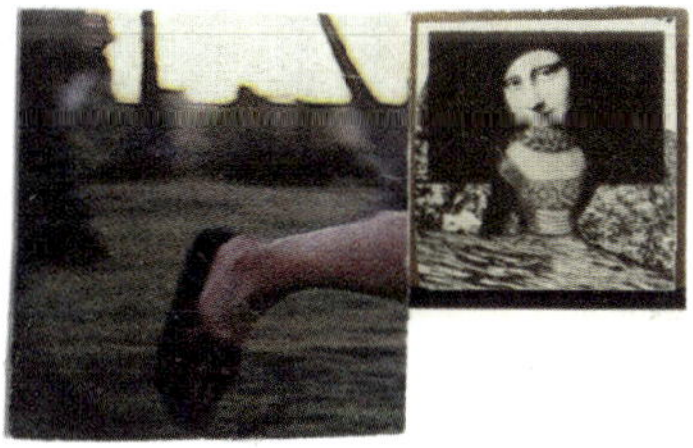

nach DER
RASUR
hat Vater
sein Kinn
beim RASIERER vergessen und
ein Lehrling brachte es
ihm nach der Ohrfeige
hat Mutter ihre HAND auf
meiner Wange vergessen UND
die Sonne schien

AN DER Dorfmühle stehen Klappstühle
dort SITZEN der Bürgermeister vor SEINEM
Ventilator ein dicker Spitzenpolitiker und seine
drei Parteikollegen haben Schuhlöffel DABEI für
ihre Wachleute und die berittene Polizei die
örtliche Dressurreiterin wippt im Takt und

fragt wer weiß warum
ich auf einmal müde bin
und DER BÜRGERMEISTER
SAGT HINTER dir IST eine
freie REIHE im
Rosenstrauch ist ein
sehr weißes Zittern drin

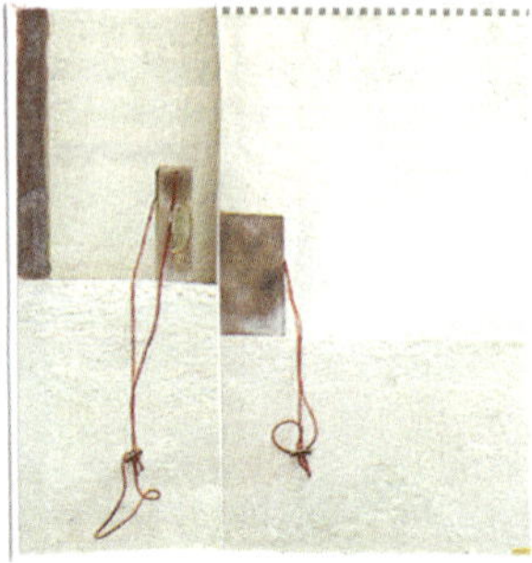

Der verlorene Kurier erzählt mir sicher habe auch ER im Kopf tellergross das zweitbeste Glück besessen es wurde jede Nacht vom Wachhund leergefressen - und der hatte aufgrund des tauben Personals eine ALTE Fahrradklingel am Hals

Dann lachte der mit dem

und die mit der UND

DER MIT DER und die

mit dem das Eigenschaf der

ANGST war allem

durch die Stirn ins MAUL

gefallen letztendlich Kam

der STEINMETZ

ER lachte

nur für sich

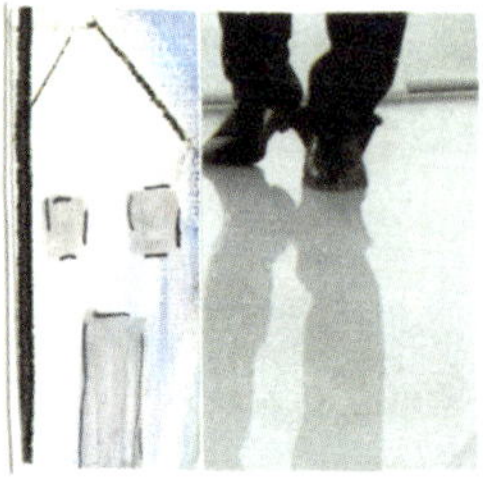

ICH gehöre
daheim
dorthin
wo ich nicht bin
und auch nicht wäre
wenn ich ANDERS
zurückkehre zum BEISPIEL
als Schnee oder Brombeere

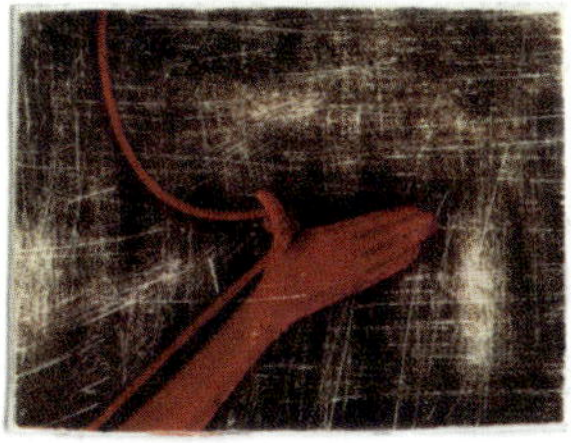

DER Bruder
war zur
POLIZEI bestellt er blieb
sehr lang und das gelbe
Maisfeld zog wieder seine
dünnen grauen Strümpfe
AN der MOND WAR WEISS
wie Ziegenhaar DIE
Zweite NACHT begann

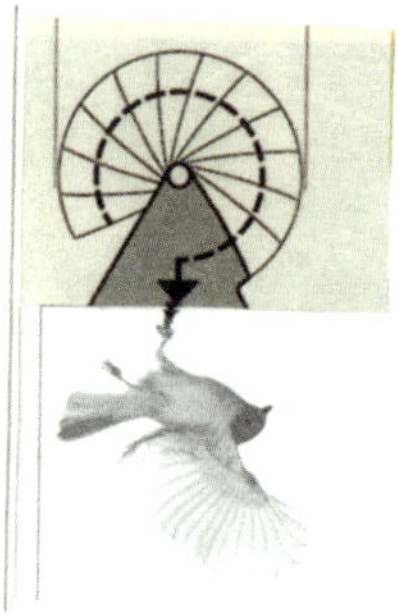

im Schattenfall
und Knisterkleid
ist der Kuckuck
GANZHEITLICH zu
dritt MIT sich SO wie du
zu zweit weil DICH auch ein
Schatten plagt PRAKTISCH GAR kein
Unterschied HAT Herr BRINK
zu mir gesagt sein Mund
IM Schnurrbart kam mir
vor wie ein BRÜNETTES Hasen ohr

DER Polizeichef hat AN der
Jacke mehr als 20 Knöpfe und
dreierlei GRÜNE Kappen alle wie
müde Salatköpfe im
Sommer schoss er mit der
Pistole ohne Ziel den leeren
Wolken nach
UND EIN Mantel
AUS LILA Wolle
fiel AUFS Dach

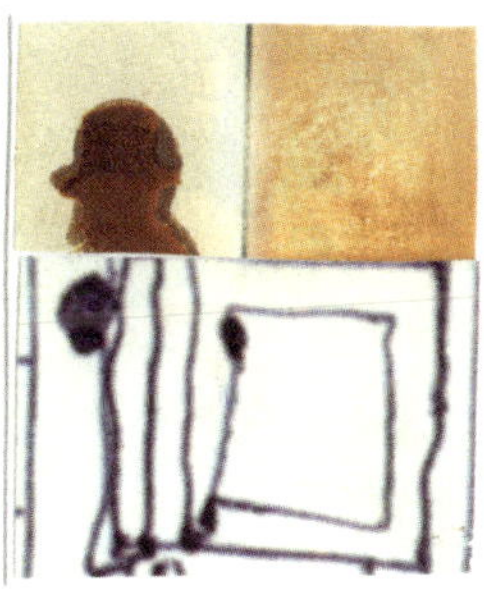

der Nachbar sagt
DIE Geschwister
der BIRNEN
sind alle Birnen
angesichts DER

wilden Stockwerke der Bäume
darf man sich nicht
gelbe GREISE VÖGEL
einbilden dann sagt ER
noch ich kenn DICH doch

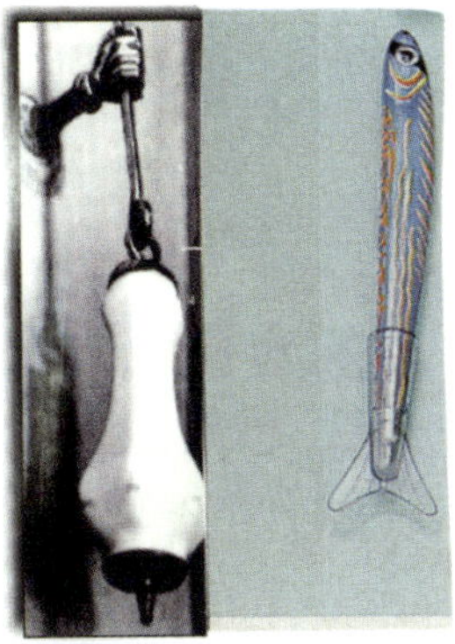

ER sagte
Mensch
MAN sieht
dir an
AN DEINEM Herzkran
hängt ein Stein
ich DACHTE nach
und sagte NEIN